夜

僕がいくら迅（はや）く走っても
僕は樹のように佇むほかない
求めるものなく求める形に手をひろげ
頼れるものを踵（かかと）の下に仮に踏まえてみる

夜にではなく
夜が暗くすることであらわにするものに
僕は入ってゆく
見失わぬための燈（あかり）を何処に置こうかと迷っているうちに
もう照らすものがなくなってしまう

このためますますあらわな深さを
僕は自分に引きよせようとする
だが接吻もしないうちに僕は手をひろげて
おちてゆく　おちてゆく途中で
目が覚める筈(はず)だと思いながら　むなしく――
――遠さの群が僕を何処かに支えてくれた時にも
僕はそれらの遠さの発祥を知らないので
夢ではないと云い切れなかった
僕を目覚(めざ)ませる痛みはなかった

僕がどんどんひろがってゆくが
僕は不器用な樹のようにひろがりだけが確かで

位置はちっとも確かでない
今に陽が照り出しても
地が見え　空が見え
その外には何も見えないのだから
そしてまた夜になっても
昼のかくしていたものが見え
それでもまだ僕には何も見えない

河

過ぎたことが
ふたたび私を遡（さかのぼ）ってきて
私は河になる
見知らぬ記憶が
その夜を開くと
私はどっとその中へ流れこんでゆく
〈だが私は世界の井戸を満たせない
すべての雲になれない
一滴の露でもない〉

夕暮

僕の中に昨日の夕暮　一年前の夕暮
あの日の夕暮が残されている
そして今日の夕暮は僕の気づかぬ間に
それら昔のものたちと話し合っている

その小さな話声のおかげで
僕はふと二三の夕暮を思い出す
それらの夢を時に背(そむ)いて歩く
だが辿り着けない

夕暮〈私は昼と同じものだ
私は夜と同じものだ
私の絶え間ない変身のために
世界は休むことがない
私は捨て続ける
そのため悲しみは終ることがない〉

やがて薄闇の中に世界の影はまぎれこむ
僕は陽の記憶を摑むことが出来ない
夜に向かってすべてが投げ出される
だが丁度その時僕の中に残されていた夕暮たちは
一せいにそれらの夕陽を輝かせる

昼夜

僕は輝く積雲を見ない
あれは昼だ
僕はやさしいひとを見ない
ひとは夜だ

昼夜〈私の名は何処にあるのか
私のひろがりは何時まで続くのか
私の沈黙はどんな饒舌の償いなのか
誰が私に化けているのか〉

僕は昼と夜とを見ない
僕は何ももっていない
僕はひとつの名さえ知らない

時〈私は夜だ
私は昼だ
私は雲
私はひと　そして
私は苦しみだ〉

空の嘘

空があるので鳥は嬉しげに飛んでいる
鳥が飛ぶので空は喜んでひろがっている
人がひとりで空を見上げる時
誰が人のために何かをしてくれるだろう

飛行機はまるで空をはずかしめようとするかのように
空の背中までもあばいてゆく
そして空のすべてを見た時に
人は空を殺してしまうのだ
飛行機が空を切って傷つけたあとを

鳥がそのやさしい翼でいやしている
鳥は空の嘘を知らない
しかしそれ故にこそ空は鳥のためにある

〈空は青い　だが空には何もありはしない〉
〈空には何もない　だがそのおかげで鳥は空を飛ぶことが出来るのだ〉

鳥

鳥は空を名づけない
鳥は空を飛ぶだけだ
鳥は虫を名づけない
鳥は虫を食べるだけだ
鳥は愛を名づけない
鳥はただふたりで生きてゆくだけだ

鳥は歌うことを知っている
そのため鳥は世界に気づかない
不意に銃声がする

小さな鉛のかたまりが鳥を世界からひき離し鳥を人に結びつける
そして人の大きな嘘は鳥の中でつつましい真実になる
人は一瞬鳥を信じる
だがその時にさえ人は空を信じない
そのため人は鳥と空と自らを結ぶ大きな嘘を知らない
人はいつも無知に残されて
やがて死の中で空のために鳥にされる
やっと大きな嘘を知り　やっとその嘘の真実なのに気づく

鳥は生を名づけない
鳥はただ動いているだけだ

鳥は死を名づけない
鳥はただ動かなくなるだけだ
空はただいつまでもひろがっているだけだ

II 地

愛

Paul Klee に

いつまでも
そんなにいつまでも
むすばれているのだどこまでも
そんなにどこまでもむすばれているのだ
弱いもののために
愛し合いながらもたちきられているもの
ひとりで生きているもののために
いつまでも
そんなにいつまでも終らない歌が要(い)るのだ

天と地とをあらそわせぬために
たちきられたものをもとのつながりに戻すため
ひとりの心をひとびとの心に
塹壕（ざんごう）を古い村々に
空を無知な鳥たちに
お伽話を小さな子らに
蜜を勤勉な蜂たちに
世界を名づけられぬものにかえすため
どこまでも
そんなにどこまでもむすばれている
まるで自ら終ろうとしているように
まるで自ら全（まった）いものになろうとするように
神の設計図のようにどこまでも

愛について——40

そんなにいつまでも完成しようとしている
すべてをむすぶために
たちきられているものはひとつもないように
すべてがひとつの名のもとに生き続けられるように
樹がきこりと
少女が血と
窓が恋と
歌がもうひとつの歌と
あらそうことのないように
生きるのに不要なもののひとつもないように
そんなに豊かに
そんなにいつまでもひろがってゆくイマージュがある
世界に自らを真似させようと

やさしい目差（まなざし）でさし招くイマージュがある

音たち

Jahn Cage に

音たちが
河になりたいと思わずに流れてゆくが
いつのまにか音たちはいなくなり
そこには河が流れている

音たちは始め新しい河になろうとしたのだが
それは速すぎたりおそすぎたりして
河ではなかった
ただ音たちの河にも雲は映ったけれども

人はそれをふり返り
それと一緒に走ったりしたけれども
その河岸で樹が芽をふくと
音たちの河は春も秋ももっていないと解(わか)るのだった
だが音たちが自分が何になるかを忘れて
謙遜と馬鹿を一緒に疲れたように
自分をすっかりむき出しに流れてゆくと
音たちはいつか河になっている
そして音たちは自分が河なのにもう気づきもしない
自分が何でもかまわない
音でなくとも河でなくともかまわないという風に
ただ自らを投げ出していると
いつか春が来　夏が来て

自分が樹になっているのにも気づかない
音たちは自分を見ずに
自分を生かしているものの中にいる
音たちはもう人を踊らせず
もう人を泣かせない
音たちは世界の中にまぎれこむ
月のめぐりのようにいつまでも歌っていて
月のめぐりのように気づかせず人の中にいる
……そのようにして音たちは帰ってゆく

ビリイ・ザ・キッド

細かい泥が先ず俺の唇にそしてだんだんと大きな土の塊が俺の脚の間に腹の上に　巣をこわされた蟻が一匹束の間俺の閉じられたまぶたの上をはう　人人はもう泣くことをやめ今はシャベルをふるうことに快よい汗を感じているらしい　俺の胸にあのやさしい眼をした保安官のあけた二つの穴がある　俺の血はためらわずその二つの逃げ路から逃がれ出た　その時始めて血は俺のものではなかったことがはっきりした　俺は俺の血がそうしてそれにつれてだんだんに俺が帰ろうとしているのを知っていた　俺の上にあの俺のただひとつの敵　乾いた青空があ

る　俺からすべてを奪ってゆくもの　俺が駆けても　撃
っても　愛してさえ俺から奪いつづけたあの青空が最後
にただ一度奪いそこなう時　それが俺の死の時だ　俺は
今こそ奪われない　俺は今始めて青空をおそれない　あ
の沈黙あの限りない青さをおそれない　俺は今地に奪わ
れてゆくのだから　俺は帰ることが出来るのだもう青空
の手の届かぬところへ俺が戦わずにすむところへ　今こ
そ俺の声は応えられるのだ　今こそ俺の銃の音は俺の耳
に残るのだ　俺が聞くことが出来ず射つことの出来なく
なった今こそ

俺は殺すことで人をそして俺自身をたしかめようとし
た　俺の若々しい証し方は血の色で飾られた　しかし他

人の血で青空は塗り潰せない　俺は自らの血をもとめた　今日俺はそれを得た　俺は自分の血が青空を昏くしやがて地へ帰ってゆくのをたしかめた　そして今俺はもう青空を見ない　憶えてもいない　俺は俺の血の匂いをかぎ今は俺が地になるのを待つ　俺の上を風が流れる　もう俺は風をうらやまない　もうすぐ俺は風になれる　もうすぐ俺は青空を知らずに青空の中に棲む　俺はひとつの星になる　すべての夜を知り　すべての真昼を知りなおめぐりつづける星になる

少女について

台所の棚の上にあった小さなざるの中に　私は星を摘(つ)もうとしたが　少女は収穫なんかどうでもいいと云い張るのだ　私は種子を蒔(ま)いたつもりだったが私たちもまた蒔かれた種子だったのかもしれない　私たちは育っていってやがて実ったことにも気づかず枯れるのだろう　そのあと私たちは世界の花園の中でひとつのちっぽけな泥の塊にすぎない　だが今度は私たちが育てるのだ　誰かが私たちの上に立って大きな手で星をまさぐり　熟れたかどうかを試すかもしれない　しかし私たちは星のための肥料ではない　その時にもきっと賢い少女がいて素足を

私たちの中に埋めるだろう　そして自ら一本の花になるだろう　熟れた時　星は自然に堕ちてくるのだ　花はそれを知っていて　そのため死ぬことを恐れないだろう
星を摘もうと爪先立ちした時　私は少女に呼ばれたのだ

星

少女が星をみつめすぎることのないように　僕の眼は少女の眼になる　僕の肢（あし）がもうどんな遠さも試すことのないように　少女の肢は僕の肢になる　新しい眼は自分たちしか見ないのに　新しい肢はただここに今　立ちつくすだけなのに　眼がすべてを見　肢が星までを走ってまた帰ることのできるのは　僕たちが星になり　どんな遠さをもそのまわりにあつめているからだ

kiss

目をつぶると世界が遠ざかり
やさしさの重みだけがいつまでも私を確かめている……

沈黙は静かな夜となって
約束のように私たちをめぐる
それは今　距(へだ)てるものではなく
むしろ私たちをとりかこむやさしい遠さだ
そのため私たちはふと　ひとりのようになる……
私たちは探し合う

話すよりも見るよりも確かな仕方で
そして私たちは探しあてる
自らを見失った時に――

＊

私は何を確かめたかったのだろう
はるかに帰ってきたやさしさよ
言葉を失い　潔(きよ)められた沈黙の中で
おまえは今　ただ息づいているだけだ

おまえこそ　今　生そのものだ……
だがその言葉さえ罪(つみ)せられる
やがてやさしさが世界を満たし

私がその中で生きるために倒れる時に

地球へのピクニック

ここで一緒になわとびをしよう　ここで
ここで一緒におにぎりを食べよう
ここでおまえを愛そう
おまえの眼は空の青をうつし
おまえの背中はよもぎの緑に染まるだろう
ここで一緒に星座の名前を覚えよう

ここにいてすべての遠いものを夢見よう
ここで潮干狩（しおひがり）をしよう
あけがたの空の海から

小さなひとでをとって来よう
朝御飯にはそれを捨て
夜をひくにまかせよう

ここでただいまを云い続けよう
おまえがお帰りなさいをくり返す間
ここへ何度でも帰って来よう
ここで熱いお茶を飲もう
ここで一緒に坐ってしばらくの間
涼しい風に吹かれよう

Ⅲ　ひと

愛について

私はみつめられる私
私は疑わせる私
私はふりむかせる私
私は見失われた私
そして私は愛ではない

私は心の中に逃げた肉
地を知らぬ足
心を投げられぬ手
心にみつめられた眼

そして私は愛ではない

私は陽の終った真昼
振り付けられた劇
名づけられた睦言(むつごと)
狎(な)れすぎた暗闇
そして私は愛ではない

私は見知らぬ悲しみ
餓(う)えている歓び
むすばれるものを選ぶ孤(ひと)り
幸せの外の不幸せ
そして私は愛ではない

私は最もやさしい眼差
私はありあまる理解
私は *erected penis*
私は絶えない憧れ
そして私は愛ではないのだ

愛について

何を迎えようとして
おまえは咲いていたのか
おまえは解っていたのか
闇を

歓びの中で終っていたろうか
僕はおまえを通ったにすぎない
おまえは知っていたか
僕がどこまでも帰ってゆこうとしたことを

愛は僕に大きすぎた
おまえはたしかめたのか
肉を
僕の信じそして僕の通りすぎたものを

おまえは探さなかったのか
おまえは不安ではなかったのか
歓びはそれ程全(まった)かったのか
僕はそれ程信じられたのか

僕はおまえの歓びの中にいた
おまえの中で愛は全かった
だが闇は終っていなかった

僕はみつめていた
僕はたしかめることが出来なかった
おまえは何処にいたのか
僕は遠くまで行った
……おまえは許してくれるか

月のめぐり

menstruation

1

ひとの中で誰かが祭のための料理をする　ひとの中で誰かが見知らぬ息子を彫刻する　ひとの中で誰かが怪我する

2

神の掌(てのひら)
創ることに不器用に傷ついて　今もそれを忘れかねている

3

〈こんなに規則正しく　私の中で華やかな葬(とむら)いがある
祝いの色で悼(いた)まれるものたち　傷つくことも死ぬことも
出来ずに無へかえってゆくものたち　私の若すぎる子供
たち……
熟れた月はおちてくる　誰もそれを受けとめない　私は
待つ　私はひとりで冷いところにしゃがんで待つ　月に
種子まくものを　満ちた潮を奪うものを　もう誰の思い
出かも解らぬ私の中の傷をいやすことが出来ずに〉

4

……生きようとするものを岸の方へいざないながら　ひ

との中に潮が満ちる　ひとの中に海がある　月の呼び
月のめぐるまま　ひとの中に終らない暦がある……

夜

行くのか
帰るのか
おまえの中に

夜

樫(かし)の木の古風な高い寝台の上をおまえは泳いでゆく　その樫の木の思い出のためにおまえは空　そしてぼくのためにおまえは夜　ぼくは急いで探す　ぼくら二人をだが世界は突然閉じてしまう　おまえの夜の中のぼくらの昼　その青空をたしかめるためぼくは云う

おやすみ佐和子　おまえを愛する　と
暗いので　おまえはぼくを見ない　ぼくはふとどんぐり
を一杯つけた樫の木をはっきりと思い浮かべる

行くのか
帰るのか
おまえは許すな
一日に

一日

ぼくを泣かせ
おまえを泣かせ
長い風のように疲れて——
ものの名を呼ぶことも出来ずに
ぼくらがただ手と手をつないで黙っている時
また一日の朝が来る
時を埋め(うず)
ふたりの間を埋める砂に

ぼくらが小さな種子を蒔(ま)くその朝——
もう夜は無いかのように
太陽のあらわにする露路(ろじ)の奥を
沢山のひとびとのその朝も夜に向かって
歩いてゆくのをぼくらは聞く

男の墓

地の果てに
空の果てに
男たちを埋葬しよう
男たちの泣く時
彼は自らの手頸を固く噛み
女は男たちの乾いて大きく見開かれた眼の外にとり残さ
れているのだから
そうして男たちの死ぬ時
陽に灼けた肢はどこまでも歩くのを止めず
世界は男たちの背後に拒まれているのだから

それ故
日々の果て
人々の果てに
男たちの墓を決めよう
その墓のうしろに月は欠け
その墓はすべての女の渇きを越えて遠い
その墓は大いなる沈黙に面してたじろがず
その墓は一本の小さなすみれに陽をゆずる

やさしく青白くたよりなげな男たちの尻は
そうして静かに朽ちてゆくだろう
そうしてとこしえに癒されるだろう

〈聞かせてよ　愛の言葉を〉

夜には目覚めているのだ
この一年もそして
この次の一年もあの一年も
すべての一年一年も
夜には二人きりでむかい合うのだ
人間らしくものも云わずに
愛がその時どこにあったっていい
夜には目覚めてむつみ合うのだ
この一年もあの一年も
血がその時どこに流れてもいい

生きていると俺の云う時
生きているとおまえの云う時
二人は疲れているのだから
夜には目覚めて抱き合うのだ

子供はいつか育つだろう
子供は遊んでいるだろう
昼下りの公園で
ひとりで落葉を拾いながら
彼は泣かずに　真面目くさって
ひざっ小僧は泥だらけ……

Ⅳ　人々

背中

もうこれでみんな揃っているのにいつ誰かが死ぬかもしれないし　いつ誰かが生まれるかもしれないのでいつも誰かがいない　誰かがいないと心の底で不安に思っている　青空はあれは誰かの脱ぎすてていったシャツの裏ではないか　太陽は消し忘れた灯ではないか　誰も足りない者はないし　みんな揃っているのに　誰もが自分の背中を寒がる　誰か僕の背中をよく知っている人はいませんか　なんだ僕の背中はそんなだったのかと僕に解らせてくれる人はいないのか　みんな自分の手は信じているのに　お互いの背中なら触ってやれるのに　せめて背中

と背中をあわせて暖まることくらい出来るのに

初冬

〈そうなのよ
あたしのやったことなのよ
あたしが自分でやったのよ
こうしてひとりでいることも
これからずっとひとりなのも〉
彼女の珈琲茶碗の持ち方は
ひねくれた子供のよう
外は雨　降るともなしに
人を閉じこめ　星をひとりぼっちにする
で　永遠は窓の中

降りこめられてかびを生やす
〈だから愛なんておかしくて
春になれば桜が咲き
夏になればあたしは泳ぐ〉
で　外は雨　空はだんだんずり下り
みんな目のやり場に困ってしまう
だから見るのは煤(すす)けた天井ばかり
〈あたしもう一杯いただこう
あなたも何か……〉
で　外は雨
幾千の水のもる靴の踏んでゆく
幾千の夕刊の読み捨てられる

そうだ青空はかくしておけ
遠い遠い昔まで
遠い遠い——
昔まで

朝

帰ってくるのか
やってくるのか
夜の煤に汚れたまま
夢のくもの巣をくっつけたまま
昨日の心は何食わぬ顔
昼のことは何もかも忘れもしないで
昨日の天井　明日の接吻
どんな不安もどんな忘却も
何もかもおぼえたままで

外ではごみやの鈴の音
遠いのは疲れた人籟（じんらい）
彼の眼から潮のように夜がひき
太陽は目薬のようにあとを洗う
雨戸をひけばもう白々しい昼の月
もはや空が射（う）たれたように
ぶら下る一滴の白い血
あれが彼の傷なのだ
彼をはなれて痛んでいる
それ故彼には痛いのだ
彼はもう一度眼をつむり
心の行き場を探してみるが
もうそれはきっぱり彼の胸

だから朝だと解るのだ
彼はふいとよそ見する
そこに何かたしかなものがあるかのように
だがあるものは古新聞に古い恋文
自分の言葉だってありゃあしない
みんなみんな顔を洗うよ
じゃぶじゃぶじゃぶじゃぶ

朝は味噌汁をするすべての口
何もかもおぼえたままで
夜だけは忘れてしまって
朝はおはようを云うすべての舌
朝は居眠りの心を運ぶすべての足

地球は大きな汚れた靴下
朝風にへんぽんとひるがえる

舌切雀

もう何も云えなくなった　もうおじいさんと呼べない
もうおばあさんの悪口も云えない　小さな血のかたまり
がまた口にあふれてくる　快よい塩からさだ　ぼくは言
葉をのどの奥に用意する　そしてそれを血にして吐き出
す　熱くて重い言葉　どんな意味も負わずただぼくの意
味だけにみちあふれた言葉　ぼくはそれを家々の屋根に
書きつけ　笹の葉に書きつけ　青い空に書きつける　そ
れが今ぼくの歌だ
糊（のり）　あれは白かった　ぼくの歌は始めてその上に真紅の

花のようによみがえった——おばあさん　あなたは正しい　おじいさんの愛からあなたはぼくを解き放ってくれた　おじいさんの言葉からぼくの歌をよみがえらせたぼくを一羽の雀にもどしてくれた　あなたの憎しみの力で

ああこれこそ朝の光　朝の陽だ　青空は高すぎもしない低すぎもしない　ぼくがそれを支えているのだ　ぼくの翼がそれを搏ち　そのおかげで空はひろがっていられる　どこまでもどこまでも　それを美しいとはもう云わない　それが在るとも云いはしない　ぼくは飛ぶ　ぼくは飛ぶ　そして空をつくる　そこには人間のあこがれている何ものもない　そのおかげでぼくはぶつからずにす

むおじいさん　あなたはぼくを愛した　けれどもぼく
は人間にはなれなかった　決してあなたたちの言葉は解
らなかった　あなたたちの驚くほどのおしゃべりは出来
たけれども　決してあなたたちの言葉で朝や空や女雀を
知りはしなかった　言葉はいらない　ぼくらには歌だけ
がある　ぼくらは歌い　そして互いを知りつくす　ぼく
らは世界を知っている　歌うことで知っている

＊

……舌切雀のお宿はどこじゃ
ちゅん　ちゅん
じいを忘れた雀はどこじゃ
哀れなおうしの雀はどこじゃ

ちゅん　ちゅん
舌切雀のお宿はどこじゃ……

——夕闇は濃く　もう谺(こだま)さえ戻って来ない　じいさんはそれでも歩き続ける　よちよちと杖をひきずって　沢山の雀たちが眠りの前の一刻を騒がしく囀(さえず)り合っているだが舌切雀が何処にいるかは解らない　彼はもう歌えなくなっているのだから　彼は黙っている一羽だから　じいさんには彼の沈黙が聞えない　だがじいさんはあきらめない　じいさんは家へ帰るのがいやなのだ　小さなかやぶきの　そしてそこにはいつもあのばあさんが坐っている　じいさんはまたしゃがれた声で舌切雀を呼び始める——

二つのつづらは黙ってころがっている　もう何千年も其処にあるかのように　錆びついた蝶番　文様もさだかでない重そうなその蓋　かれらは兄弟なのだ　長い間そうして一緒なのだ　かれらはもう自ぶんたちが何を蔵っているのかさえ忘れてしまっている　かれらのうちのどちらがあの一目小僧や大入道やろくろ首をかくしているのかさえお互いに覚えていない　かれらはただ待っている　待っているだけだ　やがてじいさんがそして次にはばあさんが来てかれらを開けてくれるのを　かれらのどちらをじいさんはもらってゆくか　そんなことは誰も知らない　かれらの重さは互いに違う　だが軽い方が宝だったか　重い方が宝だったか　誰も憶えていないのだ

竹藪（たけやぶ）の中には風もない　時折じいさんの哀れな声が近く
きこえ　また遠ざかってゆく

舌切雀はつづらの上で　黙ってそれを聞くともなしに聞
いている　くちばしには赤い汚れを残したまま　歌はも
う息（や）んでしまった　それを書きつける空もなく　笹の葉
も暗い　今は舌の痛みだけが彼をいら立たせる　彼はに
ぎやかな仲間たちがうらやましい　疲れたように舌切雀
はつづらの蓋でくちばしを二三度こすってみたりする

……

椅子

彼女は射落とされた大きな鳥のように横たわっている。役立たなくなった翼のように両手を頬のところに折曲げて。彼女は真裸で寝台の上に横たわっている。今　男が扉を開けて出て行ったのをゆめうつつに聞く。それは彼が出て行く時のようなあの稀薄になる感じ、何かが脱け出していってしまうような感じ、扉の閉まった後のあの沈黙を伴わない。今出て行った男は彼ではないからだ。彼女はだから目をさまさない。あの沈黙なら彼女はどうしてもはっきり目をさましてしまう。だが今はねむい。あの男は彼ではないからだ……。彼女は夢を見る。極く短い夢。彼が寝台のかたわらに立っている。その彼はどんどん小さくなってゆく。すると彼女ののどに何かひっかかる。彼女は咳いてそれを出そうとするがなかなか出ない。それが彼なのである。咳はとまらない。彼女は煎薬を飲む。今度はその湯気が彼になる。そして彼は湿度になって彼女の気持を重苦しくする。窓の外を足音がすぎる。今出ていった男のだ。どこか乱れていてまるで四本脚で歩いているようだ。あの男の脚は硬くて細かった。そう腕もだ。彼女はふとはっきり目をさます。だが体まででではない。あの男は始め何て云ったっけ。「寒いんだ。少し。」それから五分位たってから「あったためてくれない？」彼女はもうねむりかけていたのだ……。

だがもう朝なのか。遠くを電車が走っている。彼女の頭の中は早朝の街角になる。冷くもやがかかっていて、靴音が妙にはっきり響く。まだ陽はのぼらない。と急に踝（くるぶし）のところがかゆくなる。彼女はそこをかこうかこうと思っている。だが手が怠けていて云うことをきかない。彼女は口の中で呟いてみる。「子供が出来たかしら。」それからそれを声に出してみる。「こども……」そうしてまた眠ってしまう。

陽がのぼる。陽は五丁目の角の生命保険会社の右肩あたりからのぼってくる。青空は青くない。彼女の部屋のよろい戸は左の上隅から明るくなってくる。始めに机の角の埃が浮き出す。次に光線は彼女の眼のところにまでとどいてしまう。彼女のまぶたの生毛（うぶげ）が光り始める、彼は黙ってそれをみつめている。彼は大きな書類鞄をかかえて立ったままだ。彼女はまだ目を覚まさない。彼は胸の中で秒を数えている。もう事務所ではあらかた顔の揃っている頃だ。その時、彼女が目を開ける。「いつ来たの？」と彼女は訊く。いつものように彼は答える。「今、たった今。」そしてぼんやりと気づいたことを口に出す。「椅子がなくなったね。」彼女はそれには答えずに、まぶしそうに目を細めて云う。「子供が出来たかもしれないの。」彼は無意識に鞄をもっていない方の手で、タイムレコーダーを押す手つきをしながら、一瞬「乳母車が要るな」と思う。がらんとした部屋がその時ちらと彼の方を見たように彼は感じる。

夕暮

死者のむかえる夜のために
今日残されたものはひとつの夕暮
うす闇に
しばらくはふりかえるひとのうなじ
貧しい者の明日のために
今日残されたものはひとつの夕暮
手をつなぎ
家路をたどる子等の歌

無題

私は倦いた
私は倦いた　我が肉に
私は倦いた　茶碗に旗に歩道に鳩に
私は倦いた　柔く長い髪に
私は倦いた　朝の手品夜の手品に
私は倦いた　我が心に

私は倦いた
私は倦いた　数知れぬこわれた橋
私は倦いた　青空の肌のやさしさ

私は倦いた　銃の音蹄(ひづめ)の音良くない酒に
私は倦いた　白いシャツまた汚れたシャツに
私は倦いた　下手な詩に上手な詩に

私は倦いた　仔犬は転ぶ
私は倦いた　日日の太陽
私は倦いた　赤いポストの立っているのに

私は倦いた　脅迫者の黒き髭に
私は倦いた　照り翳(かげ)る初夏の野道に
私は倦いた　星のめぐりに　一日に

私は倦いた　我が愛に

私は倦いた　ふるさとの苫の茅屋

私は倦いた

私の言葉　1

ぼくは大声で呼んでいた
雲は綿菓子になってくれなかった
空は窓になってくれなかった
ぼくはそれから稲叢(いなむら)のかげにかくれて
ジュリエットを呼んだ
ジュリエットは息をきらして駈けてきた
ぼくはいつまでもかくれていた
ぼくは息を殺して黙っていた――
そうして私はとらえられた

私の呼ばなかったものに
私はむち打たれ　いれずみされ
背に幾本もの矢を立てられた
私はすべてのものを呼びつづけねばならなかった
あえぎながら
それらの偽りの名を

私の言葉　2

私のうそへ私は行き
私のうそから私は帰る
沈黙が私とうそとを距(へだ)てる時
枕が固すぎて私は眠れぬ夜をすごす

花が私のうそを追いかけてくれる時
私のうそを私は撲(う)つ
愛が私のうそに背を向ける時
私は小さな *penisy* を連れてうろうろする

私が黙って夜空を頭の中にひろがらせ
その中に一匹の金魚を飼っていると
誰かがこんにちはと云ってそれを殺す

私のうそへ私は帰り
私のうそから私は出かける
生真面目にノオト一冊
目のふちに昨夜の涙を残したまま
横断歩道を堂々と渉(わた)る

私の言葉 3

あなたの意見は正しい
あなたの意見は正しくない
その少女の鼻は美しい
その少女の鼻は美しくない
四月の風は快よい
四月の風は快よくない
私の愛している
私の疲れているいない
私の言葉は誰のもの？
私の言葉は壁のもの

私の言葉は空のもの
愛するひとのもの紋白蝶(もんしろちょう)のもの
あなたのズボンのものあなたのズボンの縫目のもの
私の言葉は呼ばれたもののためにある
私の言葉は私のためのうそ
私の言葉は街角の赤いポストのもの
泥だらけの鰐(わに)のもの
私のドイツ製の鉛筆のもの
あなたのもの
私のうそのとどく限りのすべてのもの

牧歌

陽のために
空のために
私は牧歌をうたいたい
人のために
土のために
私は牧歌をうたいたい
真昼のために
深夜のために
私は牧歌をうたいたい

名も知らぬ若木の下に立ちどまって
虻（あぶ）の羽音に耳をすまし
陽のささぬ露地の奥で
子供の立小便をみつめていたい

うたうため　うたうため
私はいつも黙っていたい
私は詩人でなくなりたい
私は世界に餓えているから

虻のように蝶のように
私は私の羽根でうたいたい
垢（あか）だらけの子供のように

私は私の小便でうたいたい

いつの日か
すべてを忘れるための牧歌を
私は私の死でうたいたい
丁度(ちょうど)今日
すべてを憶えているために
私が本当は黙っているように

俺は番兵

夢こそは我が嘘のいやはての砦
あまたの空の出入りする
そして俺は番兵
空をまとめて串刺しだ
青い血を我等のために流そうよ

呼ぶ者は心心にたずねつつ
とおすみとんぼに打ちまたがって
風の舌から逃げてゆく
そして俺は番兵

疲れに思わず高鼾（たかいびき）さ

攻める者はとこしえに卑怯未練
ああ跳ね橋は錆びて動かず
そして俺は番兵
日毎夜毎の剣の音を
裏の畠にこっそり埋める

夢こそは我が嘘のいやはての砦
すべての歌の息（や）む時にも
俺は番兵
しじまと刺し違えて
死のうよ

V　〈六十二のソネット〉以前

お伽話

1　日日

ある日は午(ひる)から日も暮れかかり
汽笛が天使の吹流しのよう
僕は街角にいて黒い馬車に
童話作家が鍵を忘れるのをみた
ある日は金貨の鋳造(ちゅうぞう)が廃れ
高貴な抽象彫刻に飽きて
僕は部厚な小説を前に

夏すぎた後の海浜を想う

ある日はステンドグラスの伽藍(がらん)にいて
さびしく冷い歴史を習う
掌には大昔の森林の臭いもあって
僕は異国に襲われる

ある日は町からの使者もとだえ
微分教科書だけが書架に残る
僕は草原のそのまた奥の草原で
土星の軌道を手帖に写す

ある日は夢が言葉を忘れ

神の杯に自らを注ぐ
僕は系図を書こうとひとり旅立ち
砂漠と大河の岸に迷う

ある日は時間も愛もなくて
僕は生まれそして死に
動かぬ程の速さをもって
反射のない虚空を一散に駈ける

2　昔と今と

昔　善い仔犬が悪い女王に飼われた
昔　悪い女王は白樺の木の墓標の下に棺（ひつぎ）を埋め
昔　白樺は誤まった書物を六百六十六部焚（た）いた

昔　書物で立派な王子が妹をぶち
昔　王子の妹は自分で菓子を焼いたこともある

今　善い仔犬が赤いリボンを尻尾につける
今　リボンは一片のパンをもつ貧しい手袋を飾り
今　パンと塩と弾（たま）とラジオと直径三米の円卓会議
今　直径などないと思われる空間の話は印刷され
今　話に疲れて人は眼を閉じ煖炉（だんろ）の火は消えかかる

おお日時計よ即席コーヒーよ
得ることの出来たのは
いったいどんなことだったろう

3　追憶

その角の所に菓子屋があった
キリエというような名が多かった
煙突の下では口論がはやった
郊外には風と篭(かご)とがあった
涙はいつも夢から湧き
同じだけの飴を残した
時は朝毎新しく起き
別れは絵本の形を
世界は玩具の形を
人人は母の形をしていた
夏には雨が稚(いとけな)い希望のように

冬には雪が稚い信仰のように降った
儂(わし)がまだ九つの頃のことの物語に
生き方は賢者のように丸かった

さて変らぬ素朴な韻(いん)をふんで
眼鏡をかけた風は
またひとつ日曜日を読み終える
すると仔馬のようなあきらめが
あわててその後を追うのだ

4　譚

太古火山の下あたりでは
若いねずみが決闘で死に

史家たちの影も乱れた

三番星の上あたりでは
女神の古風な料理が匂い
花色をした矢なども飛んだ

小塩湖(おしおこ)の底あたりでは
硅素(けいそ)の歌人の永い呻(うめ)き
太鼓と手術の声も響いた

並木通りの果あたりでは
銀の火の手の火事が燃え
真紅の自動車なども馳(はし)った

心と海と空のあたりに
私の精は夢を翻し
ひととき天使や悪魔の唱もうすれた

5 少女のような光景

広い芝生に続くテラスからその家に入ると　すぐそこに
煉瓦の塀が続いていて　雪がしんしんと降っていた
私はそこで終りのない詩集を繙いた　影が静かに燈火を
つけた　太陽が入って来て夏を照らした　すると讃美歌
とテニスの匂いのする犬が私の影に吠えついた　私は犬
に角砂糖を投げた

私は写真機をとりあげた　見えない人人が明るい芝生と
白い雪の道をあとからあとから帰って行った　彼等の後
姿は私の涙で揺れた　私は風景だけをうつした

6　都市

見知らぬ古い建物の中には　骨に似てすり減った階段が
あった　そのひとつを登ると華麗な婦人の部屋があっ
た　そこで拳闘家は過去と未来を殴り続けた　窓の外で
は白い非常梯子（ばしご）が朽ちてゆき　空には天候だけしかなか
った

時々建ってゆくものが烈しく手を拡げた　しかしすぐに
そのままの形で化石した

時々樹々は時間を新しい色で染めた　しかしすぐにそれは錆びてしまった

時々話達はほほえんだ　しかしそれらは花々のように愚かだった

街角の酒場では棚に沢山の人間達が並んでいた　客は誰もいないのに神々が給仕に忙しかった　裏通りではりんごのような雄弁家が戦争を語っていた　やがて奇妙な沈黙が波をも殺した

7　町

町はいつもひっそりした品切れの不安で一杯だった　背

の高い笛吹きが背を丸めて歩いていた　時々自動車のブレーキが鳥の叫び声のように軋(きし)り　時々空が人人の嫌いな行列をかくそうとするかのようにひどく曇ったりした　新聞には遠い国のことばかりが載っていた　子供等はそれを信じた　人人には表情がなかった

やがて当然のように　静かな博覧会があった　秋の七草漬がよく売れた

またやがて当然のように　ゆっくりした戦争があった

白い墓がいつのまにか増えていった

またやがて当然のように　小さな明るい喫茶店が新築さ

れた　夏の朝など女のひとが只ひとり坐っていたりした

山脈を越える広い道が出来たが通る人は稀であった　時
時すばらしい上天気の日があると人人は微笑した　その
時だけ人人はあのひっそりした不安を　忘れることがで
きた

ある近代的な壁面のために

高価な並木路が
遊星をひと廻りしている
いろ　いろは　いろはにほ
秋の踝（くるぶし）のように

黒の瞑想も
白の瞑想も
神神への気球の錘（おもり）と
捩子（ねじ）や署名

煉瓦や剛毅(ごうき)
函からのものたちよ
彫られるのを待つように

歩く

異国の教会は語るだろう
夕陽からの釣橋(つりばし)について
崩れた壁画からの笛について
銃眼(じゅうがん)からの道について
遠い森からの沈黙について

僕は語らぬだろう
弱い獅子について
明るい旗について
錆びた銅像について

地球の半面の影について

戦争もやがてはひとつの風景だ
そして僕も亦(また)

夕暮に今日と明日とがあるように
僕は歩き
僕は歩く

室について

人は自ら囲った
空間はあまりに恐ろしく
時間はあまりに悲しかったから

これで安心と人は思った
そこには無限の空間の代りに純白の壁が
無限の時間の代りに柔い寝台があった

しかし扉と窓とは必要だった
扉は親しい友人のために

窓は美しい夏の日のために

昼には外にも青空や乱雲の壁があり
野原や街の寝台があった
しかし夜　人は自ら閉じこめた

〈室（へや）はなつかしい〉人はそう呟くのが常だった
忠実に室は人を親しい座標に住まわせた
春　夏　秋　冬　そしてふと或る日の死まで——

人についてはそれから後を私は知らない
人がいないと室は
だんだん宇宙に似てくるのだった

挽歌

1

今は鬼なる人の
その高貴な想い出を
地殻に刻み
無の鋳型を
神に贈ろう

2

正しき問を

眼窩（がんか）に秘め
湖を煮つくして
人は移る
烈しい夢と新（あら）たな夢と

今日

遠い街路の真昼の気配や
港港におちる夕日朝日
僕は歩く　旅よりもなお

昼　天は青く深く閉じ
夜　天は星々に向かって開く
神々と共に昼を眠り
人々と共に夜を眠り
僕は見る　眼よりもなお
僕は泣く　死よりもなお

夕暮

夕暮は大きな書物だ
すべてがそこに書いてある
始まることや
終ることや——
始まりも終りもしない頁の中に
夜明けに何故凍死者がいるのだろう
枯木はそれからどうしたのだろう

＊

忘れた小路の敷石の影は長く
過去の馭者（ぎょしゃ）達の声は低い
夕陽は捨てられたような高さから
もう消毒の力も失って
秋色の街燈を羨望し始める

子供よ　子供よ
あの大きな時計が食べてしまった菓子をどうしよう
間に合わぬ店から私もよろめき出て
帽子に貯めた光の貨幣を
空しく空しく数えるのか
旗が降りる一日を敗れて

旗は空に寝て考えなかった
商館の主は疑いを知らぬ恰幅(かっぷく)で
どこにも行かぬ馬車を軋ませる

ひとときの浮彫の影は濃く
若い蔦(つた)は明日を知っている
しかし夕陽は扉の塵(ちり)も落さない
居ない人人はどこへ行った
町はずれの墓には魂ばかり
室々には顔ばかり

夕陽よお前は朝の履歴を忘れ
今は人々を背中からしか暖めない

多くの影絵が空に投げられ夜は待たれる
逃げるために夜は待たれる
遠く港の気配を聞きながら
私は杖と帽子と枯葉を携え
その小路を　あの小路を
まるで奇妙な銅版画のように……

愛のパンセ

生きる

生かす
六月の百合の花が私を生かす
死んだ魚が生かす
雨に濡れた仔犬が
その日の夕焼が私を生かす
生かす
忘れられぬ記憶が生かす
死神が私を生かす
生かす
ふとふりむいた一つの顔が私を生かす

愛は盲目の蛇
ねじれた臍の緒
赤錆びた鎖
仔犬の腕

美しき惑いの年

人生そのものへの惑い

夕暮、子供たちは釣竿をかついだり、蟬とりの長いもち竿をふり廻したり、笑いながら、駈けながら、うちに帰ってゆきます。彼等の後には美しい夕焼があるが、彼等はそんなものを見むきもしない、やがて温い御飯が彼等を待っている。旺盛な食慾でそれを平げると、子供たちは何にも気づかずに一日の眠りにつきます。そうしてもう一度朝、子供たちは朝だということを意識もせずにとび出してゆきます。そういう子供たちがふとうらやましくなるようなことがありませんか。

人生を（人生という言葉はそれだけでもうどこか詠歎的な響きをもっていて、僕は好かないのですが）とにかく人生を人生というような形で意識すること、それがもはや惑いの始めではないでしょうか。ほんの些細なことが僕等を人生に気づかせるようになります。それも多くの場合先ず僕等は不幸せに気づいてしまうのです。不安が具体的な形でやってくるうちはまだいい。しかし人生についてのもっと漠然とした不安の感じ、それはいやされることのない渇きのように僕等を苦しめるようになります。一人っ子でありまた大変な母親っ子であった僕は幼い頃よく母の死の幻想におびやかされました。ものごころつかぬうちの僕は、ただ母の帰りの遅いのを心配して、壁の方を向いて泣いていればよかったのです。しかしやがて僕は、もっと大きくもっととらえ所のない不安にとりつかれるようになってしまいます。この世で僕は、何に頼ることが出来るのか。どんなに愛するものも不死ではない。この世で結局僕はひとりぼっちではないのか。その自分自身もやがて死んで無に帰ってしまう。ではこの世で僕が生きるとは一体どういうことなのだろう。それが僕の惑いの始まりでした。

あこがれ

遠い山脈は紫色にかすんでいる。その上に大きな積乱雲が烈しく湧き出ています。太陽は輝き、空はあくまで青い。時折ふと風が立って楡(にれ)の木の葉をひるがえし、汗ばんだ僕の腕を撫でてゆきます。すべてが生の喜びに満ちあふれた真昼……しかしその時にも僕は決して本当に満ち足りてはいないのです。あの遠い山々を越えてゆけば出会えるのではないか。この僕をもっと隅から隅まで満ちあふれさせてくれるものに。

どんな小さな不安をも残さずに僕を迎えてくれる故郷があの山々の向こうにあるのではないか。しかし同時にまた僕はそんな夢がすべて空しいものであることを知っています。あの山々を越えて行ってもまた此処と同じ野があるばかりだ、それをどこまで歩いて行っても海に出会うばかりだ。そして海を越えたりしても、そこにはまた別の国があり、しかも同じような野や山や都があるばかりだ。そういうことを知りながらも何故僕はあこがれてしまうのでしょうか。恐らく僕には何か不足しているものがあるのだ。

青春とは過剰なもののように見えて、実はそれは不足の補償にすぎないのではないか、時折そう思うことがあります。青春においてこそ僕等は最も飢え渇くのではないでしょうか。そして僕等は自分が本当は一体何に飢えているのかも解らずに苦しみます。僕等が浪費するのは僕等が過剰なものをもっているからではなくて、むしろ僕等は浪費することで不足しているものを手に入れようとしている、それは一種の体を張った投資なのではないでしょうか。では若い僕等には一体何が不足しているのか。それを一口で云うことは出来ません。しかし僕は少なくとも次のような自分の経験をお話しすることは出来ます。

先程書いたようなある夏の真昼、僕は腕や顔を太陽の焼くにまかせて野原に寝転っていました。僕はその時殆ど完全にと云っていい程満ち足りていました。今のこの喜び、今、此処のこの陽の輝き、草の匂い、やさしい風、そういうものだけで僕は十分でした。ところがふと突然全くいわれのない或る唐突な感情、それは一種の後めたさでもあり、また劣等感でもあり、鋭いさびしさのようなものでもありましたが、そういう感情に僕は襲われた。僕はその時、自分がひとりであるのに気づいたのです。僕が男としてひとりであり、そのため僕の存在がこの調和した世界の中である種の不調和であるように感じたのです。僕のまわりで、草たちは育ち、蜂は花々の間を飛びまわっていました。彼等こそ本当に生きているのです。ところが僕は――僕もたしかに生きている、しかしそれは本当に世界に与(あずか)れる生き方ではないのではないか、僕の生き方にはまだ或る不確かさ、地についていない架空の感じがある。そして僕はその時はっきり気づいたのです。世界(コスモス)の生命の流れに。それは草や蜂や花々などの生物と同じく、山や雲や土などの無生物までもを含めた大きな大きな流れなのだ。そしてその中では僕はひとりだけでは決して全(まった)いものになれない。僕はひとりではその流れに与ることは出来ないと僕は気づいたのです。

　僕等は人間です。だから僕等は人間であることによって、世界の大きな流れに与らねばならない。人間であることは、人間の社会の中においてだけ人間であればいいのではない。僕等は人間の社会を超えたものにいつも気づいていなければならないのではないでしょうか。そしてそれに気づいている時、性は始めてその本当の大きな意味を明らかにします。

美しいもの

異性という言葉を僕は好きません。それは何ものをも表現しないからです。男、女、という言葉は全く違ったものです。男にとって女という言葉が、女にとって男という言葉がどんなに大きな響きをもっていることでしょう。それは不安でもありますが、同時に大きな安らぎへの予感をもっています。

僕等は知られぬ大きな暗いものへの怖れを感じると同時に、その向こうに何か唯一の故郷の感じ、それだけが生きることのたしかなより所になるかもしれないというような感じをもちます。そしてそれは必ずしも家庭というものへの期待だけではない。もっと深い、逆説的にきこえるかもしれませんが、もっと非人間的なまでに深いある感情なのです。それは世界のもっとも深い流れに通じるものなのです。

あのひとは美しい、あのひとは美しくない、とよく人は云います。しかし本当に美しいものは実はただひとつしかない。容貌や体のどんなに醜いといわれる人でも、それをもつことが出来ます。もしその人たちが、本当に男になることが出来、本当に女になることが出来るならば。そしてそうすることで僕等は始めて人間になることが出来、世界に与えることが出来ます。世界こそ真に美しいただひとつのものなのだ。僕等は常に生命のもっとも深い流れに気づいていなければならない。そして僕等はその中で生きることによって、始めて満ち足りることの不可能でないことに気づくようになります。そのためにこそ、僕等は僕等の性をもっと大切にし、もっと深く感じ、もっと深く考えねばならない。性を無暗に自由に考える考え方も、性を不当に恥じてしまう考え方も、性を大切にしていないという点では同じことです。性をその皮相な現象面でとらえることをやめて、僕等は性のもっと深い意味に、もっと大きな働きに気づき、それに対してもっと謙虚にならなければならない。そうすることで僕等は本来の健康な生命をとりもどすことが出来ます。そしてその時こそ、僕等はあの夏の日の草や花々や蜂と同じように、本当に生きることが出来るのです。性は本来美しいものでもなければ、醜いものでもない。それはもっと僕等の存在自体なのです。それを性と云って切り離して考えることも出来ぬ程、僕等自体である筈です。美しい性、美しくない性などというものはない。僕等は性において平等です。樹々のように僕等はその存在の本質において、世界へのむすびつきにおいて平等なのです。

生活へ

本当の幸福は僕等のそれを意識しない時にあるのではないでしょうか。惑いはある意味で、意識しすぎるところから始まります。不惑とはどんな意味でしょうか。僕にはそれはある種の調和の中にいられる状態のように思えます。ところが意識はしばしば調和を破るものに他なりません。僕等は生を常に行為として生きねばならない。決してそれを観念として意識しているだけでは生きていることにはならない。青春とは或る意味で観念の過剰な、そしてそれ故に行為の不足な時期です。若い僕等はしばしば生を夢見るにとどまっている。僕等は夢見るだけでも十分苦しみます。しかし苦しんでいるからと云って、それが本当に生きていることの確証になるとは限らない。僕等はあこがれてばかりいてはいけない、僕等はそれを満たそうと努めねばならない。そして本当に生き始めねばならない。僕はどんなに未完成な一瞬一瞬をも完成された生として生きたいと願う者ですが、生を常により本当の生に近づけようとする努力こそ、それを完成させ得る唯一の途だと思います。その意味で若さはやはりひとつの始まりでもある。それには足りぬものが多いのです。僕等は生活し始めねばならない。僕等は家庭を営み、自分たちの子供をもたねばならない。そして働かねばならない。

僕等がそうして本当の生活を生き始める時、僕等はもはや生を夢見なくなり、さっと意識さえしなくなります。そして僕等は目分たちの惑いに惑わされなくなります。僕等はいつかそれを忘れるに違いない。それは決して倦怠や怠惰からではなく、あくまで健康な生活者としてなのです。そのような生活者になることで、僕等は始めて大人になり、始めて惑いのない生への可能性をもつことが出来るのではないでしょうか。

贈物

おまえの長い形のいい頸(くび)に
俺は四季を飾りたい
花の色　空の色　雪の色を
おまえの肌のいつまでも喜ぶように
おまえの深く暖い胸に
俺は海を飾りたい
時に暗く　時に輝き
俺は溺れ俺は救われる

おまえの強くしなやかな足首に
俺は風を飾りたい
疾（はや）く生き
思い出のおまえを疲（つか）らせることのないように

おまえの短剣のような唇に
俺は何も飾りたくない
それは俺のための賢い武器
俺の血で飾るべきものだから

おまえのみはった二つの眼に
俺は月と陽とを飾りたい
世界の大きな誘惑を

俺たちの夜と昼とのため
そうしておまえの心と
やさしいおまえの肉体は
互いに飾りあうだろう
それらはいつか同じものだから
おまえの俺に接吻する時
おまえの胸は俺の胸にいつまでも聞こえている

失恋とは恋を失うことではない

失恋のすべてを通じて確かなことは、僕等はどんな失恋をするにしろそれは恋を失うことではないということです。失恋とは恋人を失うことかもしれないが、決して恋を失うことではない。

僕の友達の一人に失恋について奇妙な誤解を抱いていた奴がいました。ある時失恋について話していたのですが、妙に話が食い違うのに気づいたのです。そこでよくよくその友達に問いただしたところ、彼は失恋とはふられることではなくてふることだと信じこんでいたというのです。つまり彼によれば失恋とは恋を失うと書く、ところが相手にきらわれる方は、きらわれるだけで、自分の方はまだその相手を好きなのだから恋を失ったことにはならない、だが反対に相手をきらう方はもはや相手を恋することは出来なくなっているのだから、これこそ本当に恋を失っているのだ、というのです。彼はだからふった方よりもふられた方がまだ幸福だと云い張るのです。彼はふだんから逆説的な言葉をもてあそぶ見栄坊(みえぼう)でしたから、或は彼はその時失恋していて、

(彼の云う意味でなく、ごく普通の意味で)そのためにそんな新説をひねくり出したのかもしれません。しかしそれはともかくとしてこの新説はその逆説的な云い方で、妙に本当のところをついているように僕には思えるのです。

　恋している者は偉大な創造者です。しかし恋されている者は、もし恋されているだけならば、哀れな享受者にすぎません。恋している者は相手のほんの小さな表情、とるにたらない言葉などをいちいち気にかけながら、そしてそのため相手に完全に支配されているように見えながら、実は自分ひとりだけで自分の生を類ない喜びで一杯にすることが出来ます。恋はそれがどんなに苦しいものであろうとも、喜び、もっとも尊いもっとも満ちあふれた喜びに他なりません。たった一枚の薄汚れた写真を前にしているだけで、僕等は何と完全に充実した数時間を、或は一日をさえすごせることでしょう。或はまたその人のほんのかすかな眼の動きを思い出して銀座から青山一丁目までを足の疲れなど一秒も感ぜずに、喜びにみたされたまま歩いてしまうかもしれません。誰が何時(いつ)こんなにみちあふれる生の瞬間をもつことが出来るでしょう。たしかに恋している者こそ幸福です。恋している者はよく生きることが出来るのです。それがたとえむくわれない恋であろうとも。いやむしろ恋にはむくわれるなどということはないのだ。僕等は自分で種子を播(ま)き、自分でその生長を楽しみ、自分で収穫し、その収穫を自分のものに出来る。恋とはそれ程孤独なものなのかという人がいるかもしれません。恋は自分のためのものではない。恋はひととひととのつながりのためのものではないのか。

僕は恋と愛とを切り離して考えたくはありませんが、また全く混同して考えたくもありません。恋の前では僕は多少ふざけて気軽に話すことも出来る。しかし愛の前では愛の前になどと云うこと自身もう気がひけますが、僕等は愛の前にいることなど出来ない筈ですから——僕は襟を正さねばならない。そして愛についてなら僕はもっとずっと口数少なになる。僕は本当は愛のまわりを避けて通りたかった。しかしそれはずるい考えでした。恋はおそらく恋だけでは孤独なものなのです。しかし愛は……どんな時でも、どんなところでも、僕等は生きてゆく限り常に愛にぶつかる、僕等は恋の中でも勿論愛にぶつかるのです。そして恋を孤独な「結晶作用」としてだけ考えたりせずに、それをひととのつながりとして考えようとすれば、どうしても愛という言葉をもち出さない訳にはいかないのです。しかし今は一寸(ちょっと)愛をそっとしておきたい。

僕は先ず恋から入らねばならないのです。

恋は、愛ではなく、恋は本質的に孤独なものなのではないでしょうか。僕等は、今此処に自分のもっているものを恋いはしない。僕等はいつも自分から離れているものを恋するのです。それは物理的な距離を必ずしも意味しない。かたわらにひとが座っていても、もしそのひとの心が遠ければ僕等は恋するのです。恋はだから飢えや渇きに似ています。僕等は先ず自分が満たされていないことに気づくのです。そしてやがて僕等は恋すると同時に恋されるようになるかもしれない。しかしその時でさえまだ恋は満ち足りない。心も体も一緒にいられる束の間を除いて、僕等は心の遠い時は心を恋し、体の遠い時は体を恋する、いや心とか体とか分ける以前にもう僕等の存在自体が自分をとりかこむ遠さに過敏になってしまいます。僕等はそのために自分は自分以外の何かとむすびつこうとしているのだと思います。

　しかし実は僕等は一体どれだけ自分の情念と夢の柵の中から外へ出ているでしょう。恋人の写真を前に想いにふける時、僕等は自分を孤独だとは思わないかもしれない。しかしその時僕等は決して自分以外のものと結ばれてはいない。僕等は自分の情念の中を酔っぱらって千鳥足で歩いているにすぎないのではないか。僕等は何か自分ひとりの孤独な仕事に熱中しているのではないか。

　恋は僕にとっては二重の意味で孤独なもののように思われます。第一にそれは自分とひととの間の遠さを——そしてそればかりでなくもっと得体の知れない遠さの群が自分をとりまいていることを意識させるという点で人を孤独にする、そして第二にそれは一見他とのつながりを求めているように見えながら、人をかえって自分の中に閉じこもらせ、その中でむしろ人を夢想させるにとどまるという点で孤独です。もし人がひととのむすびつきを求めて考え、或は行動し始めたら、それはもはや恋ではなく愛かそれともまた慾望か何かほかのものになり始めるように僕には思えるのです。もはや恋しなくなった時、はじめて本当の愛がはじまる、と云ったら抽象的すぎるでしょうか。

恋する者は自分一人だけで幸福になれるのではないでしょうか。僕等は失恋して悲しむかもしれない。しかし僕等はもともとひとりだったのではなかったか。そして恋することが出来る、それだけで僕等はもう幸福な筈です。

失恋とは恋を失うことではないと僕は云いました。失恋しても僕等は恋することは出来る。そしてそれはすばらしいことです。僕は決して自慰的な感傷主義や、妙に悲壮がる自己陶酔についてしゃべっているのではありません。僕はむしろ失恋してもなお恋することの出来る愛について云いたいのです。その愛は決してただ男と女との間の愛のみを意味しません。それは僕等が生まれながらにもっている生きることへの愛、世界への愛なのです。そして恋する者は、恋することによってまたそのような愛をより深く知るのではないでしょうか。恋人を失うことは苦しいことだけれども僕等はそれですべてを失うのではない。僕等は生き、世界は僕等に残されている。そして苦しむ程僕等は生きることを愛するようになる、相手のない恋に堪えている間に、僕等はきっとそれさえも生きているものの特権だと思うようになります。晴れた空や、若い樹や、いきいきとした街をやはり愛しているのだということに気づくのです。

世界が私を愛してくれるので
(むごい仕方でまた時に
やさしい仕方で)
私はいつまでも孤りでいられる

私に初めてひとりのひとが与えられた時にも
私はただ世界の物音ばかりを聴いていた
私には単純な悲しみと喜びだけが明らかだ
私はいつも世界のものだから

空に樹にひとに

私は自らを投げかける
やがて世界の豊かさそのものとなるために
……私はひとを呼ぶ
すると世界がふり向く
そして私がいなくなる

僕はひとを愛する時にも、それがいつも世界への愛と同じものであることを念います。僕等は恋する者の孤独もまた世界への愛のうちにあるということに気づく。「現代人が孤独をかこつのを耳にする時、私は事情を諒解する。彼等はコスモスを失ったのだ。——欠けているのは人間的なものでも個人的なものでもない。それはコスモス的生命、吾々のうちなる日月である」とロレンスはそのアポカリプス論の中で云います。僕の云う世界はこのコスモスと同じものです。もし僕等がこのコスモスへの愛をもっていなければ僕等は恋することさえ出来ない、そしてもしもっていれば僕等はどんな苦しい失恋にでも堪えることが出来るのではないでしょうか。恋を超えたもっと大きな愛に支えられて。

夏の夜の夢

「トファインナランペレッタ」という歌を御存知ですか？　なんでも、サモア島かどこかの原住民の恋の歌だそうで、「トファインナランペレッタ、トファインナランペレッタ、アマメッケレヤメマーエ……」云々という一寸難しい歌詞なんです。夜になると、河原で流木を拾ってきて焚火をし、画描きの友だちがつくった奇妙な彫刻のような針金の串でかたい牛肉をやき、土地のじゃがいもを大きな鍋でぐつぐつ煮て女いブドー酒やウィスキーを飲み、そういう歌をどなりました。時には歌は、「ドナノビスパチェン」とかいう、ひどく荘厳で宗教的なものになることもありました。それはでもみんなが少々ロマンチックになりたい時に歌う歌で、「トファインナランペレッタ」の方はむしろ、われわれ若者たちの気持を妙に享楽的にしたようです。

青年たちも娘たちもまだ学生だった者が多く、みんな呑気に、そして少くとももうわべは陽気に、そうして一夏を高原にすごすのでした。彼等は勿論ひとりひとりいろいろな悩みをもっていたに違いありません。そろそろ就職のことを考えなければいけない者もいたでしょうし、人には打ち明けられぬ恋に苦しんでいるらしい青年もいたようでした。ですが夏は、どんな苦しみも悩みも、まるで快楽と同じように熱く甘くしてしまう季節のようです。夏のその高原は、まるでそこだけひとつの別世界のように、われわれの青春を守ってくれました。そして、そのサモア島の恋の歌は、ぼくらの青春のひとつの象徴のようでした。

青春には美しい面がある代りに、みにくい面もあります。楽しい記憶もある代りに、いやな不安な記憶もあります。しかし、自分の青春というものをそろそろ客観的に見ることの出来る年頃になってくると、どうもそれを、やさしく美しかったものとしてそっとしておきたい気持になってくるものです。それはそれでいいとぼくは思います。そしてまた、青春というもの自体が、ぼくらにそうさせる力をもっているのです。青春というものは、ある意味で、それ自身の現実をもっていないようにぼくには思えます。もっていないのではない、もち得ないのです。何故なら、青春というものそれ自体が、いろいろな夢でふくれ上ったひとつの大きな夢そのものなんじゃないかとぼくは感じるからです。こんなことを云うと、それじゃあ、働きながら夜学に通っている人たちなんかはどうなるんだ、彼等には、立派に生活の現実ってものがあるじゃないかとおっしゃる方があるかもしれません。しかし、もし彼等が、自分たちの苦しい生活の現実しか見ないのなら、彼等には青春はないのです。その代り、もしその若者たちが、生活の現実に耐えながら、なお夢見る勇気を捨てないなら、青春は貧しさや苦しみに関係なく、彼等のものだとぼくは思います。逆に云えば、夢見ることが出来てこそ始めて、青春は青春の名に値するようになるのではないでしょうか。

音楽は、若者たちを夢見させます。なにもムード・ミュージックに限りません。ベートーヴェンの「第五」は、ぼくに力一杯生きることを夢見させます。エンリケ・ホリンの「チャチャチャ」は、ぼくに生きることの純粋な悲しみを夢見させます。そしてフォーレの「レクイエム」は、ぼくに神というものの存在を夢見させます。青春が終りに近づいてくるにつれて、これらすべての夢は、必ず裏切られるに違いありません。生の重苦しい現実がおおいかぶさってきて、ぼくらはともするとそれに負けそうになる。それでもなお、ぼくらは夢見つづけなければいけないのです。その時、夢はよりよい生へのひとつの意思なのです。そして、音楽は渇いた心にとっては、いつでもひとつの慰めになるでしょう。

「トファインナランペレッタ」という歌、実はぼく、全部歌えないんです。夏の若者たちのグループの中でも、歌わなかったのは、ぼく一人だったかもしれません。何かてれくさくていやだったのです。おかげで今でも、その歌を思い出すと、奇妙なさびしさに襲われます。何故みんなと一緒に素直に歌わなかったのだろうと、今ではそれを悔いています。当時ぼくは一人の少女をめぐる青年たちの、少々微妙な心理関係に巻きこまれていて、何故か声をあわせることもおっくうだったのです。声をあわせて歌うことで、そんな不安な気持も吹きとばせたかもしれないのに。でも今になってみると、そんな夏の夜のジャンボリーの、白樺の木の火にはぜる音や焼肉のにおい、炎に輝いている少女たちの顔も、奇妙なサモア島の恋歌を主題歌にした大きな夢の一部分であるような気持がしないでもありません。そうすると、いたずら妖精パックの役はさしずめサモア島の原住民がつとめたことになりそうです。

うそだうそだうそなんだ

うそだ
うそだ
うそなんだ
みんなみんなうそなんだ
空の青いの
ネオンの赤いの
お腹のすいたのうそなんだ
うそだ
うそだ
うそなんだ

みんなみんなうそなんだ
やさしい言葉のうそな時

うそだ
うそだ
うそなんだ
みんなみんなうそなんだ
あたしの唇
ロミオもジュリエも
もう太陽もうそなんだ
うそだ
うそだ
うそなんだ

みんなみんなうそなんだ
やさしい言葉のうそな時

うそだ
うそだ
うそなんだ
みんなみんなうそなんだ
昨日のキスも
明日のキスもうそなんだ
やさしい言葉のうそな時
うそだ
うそだ
うそなんだ

みんなみんなうそなんだ
それでもあたしは信じたい

うそだ
うそだ
うそなんだ
みんなみんなうそなんだ
やさしい言葉のうそな時
それでもあたしは信じたい
やさしい心を信じたい
うそだ
うそだ
うそなんだ

みんなみんなうそなんだ
それでもわたしは信じたい

うそだ うそだ うそなんだ

寺島尚彦 曲

早めに

1.2 うそだ うそだ うそなんだ みんなみんな うそなんだ

そらの あおいの ネオンの あかいの おなかの すいたの

わたしの くちびる ロミオも ジュリエも もう たいようーも

(Chorus)

うそなんだ うそだ うそだ うそなんだ みんなみんな うそなんだ

やさしいことばの うそなとき 3.うそだ うそだ うそなんだ

みんなみんな うそなんだ きのうの キスも あしたの キスも

うそなんだ やさしいことばの うそなとき

(Chorus)

うそだ うそだ うそなん

だ みんなみんな うそなんだ それでもあたしは しんじたい

rit.

a tempo

4.うそだ うそだ うそなんだ みんなみんな うそなんだ やさしいことばの

うそなとき それでもわたしは しんじたい やさしいこころを しんじたい

rit.

(Chorus) a tempo

うそだ うそだ うそなんだ みんなみんな うそなんだ それ

でもわたしは しんじたい

青年という獣

最近の写真を見ると、ぼくの顔もだんだん人間に似てきたようだ。つい先頃まではぼくも青年といううれっきとした獣だったのだが。大人たちはぼくが彼等の仲間入りをせざるを得なくなってゆくのを見て、心中ひそかにざまあ見ろと思っているらしい。すこしやつれたようだね、などと云われると、ぼくはすかさず、世帯の苦労がありますからね、と答える。これは大人に対する大変有効な世辞であるらしい。彼等は例外なく嬉しそうに大口を開けて笑うのである。

実は幼い頃には、人間にだけはならないでおこうとひそかに決心していたものだった。その頃、ぼくは虎のように孤独に生きるんだ、とある女友達に気張ってみせたら、彼女は大声で笑い出した。その時には理解しかねた彼女の笑いの意味に、近頃やっと気づきかけている。そんな呑気なことを云えたのも、ぼくの育った環境が一応大変楽なものだったせいであろう。しかしそのおかげでぼくは後顧（こうこ）のうれいなく十分に、コスモスというものに気づいていることが出来た。それがぼくの青春に他ならない。

ぼくがかつて〈二十億光年の孤独〉という詩集を出した時、詩人ならざる成人たちはいずれも社交的な讃辞のかげに、そこはかとないあわれみとあなどりの笑みをかくしていた。ぼくだって生活のおそろしさというものに、その頃からすこしずつ気づき始めていたのだ。そして今、その生活にぼく自身も一歩踏みこんで、そのおそろしさだけでなく、そのかなしさをも知り始めてはいるのだが、それでもぼくはかつての成人たちの笑みを決して肯定はしない。

人間は人間でなければならない、そんな当り前なことはないであろう。しかし、人間は人間でありすぎてもならない、などと云うと、えてして馬鹿にされる。だが、そう云うことの出来るのが青年の特権だとぼくは思う。

青年は非人間的であることによって人間になる。若さとは、もともと社会とは無縁なものだ。青年はコスモスに支配される。彼を支配するものは決して人間ではない。彼が学生運動に身を投じようと、一片の遺書を残して心中しようと、彼を動かしているものが若さのもたらす情念であることに違いはない。その情念は人間を通してではなく、直接に、むしろ肉体的にコスモスとむすびついている。青年の時代は肉体の時代なのだ。

人はいわゆる〈春のめざめ〉によって、始めて本当に生に与(あずか)るようになる。それか青年の始まりである。そうして彼はコスモスの正当な支配を受け始める。青年は、少女の愛らしさに気づき始めると同時に、夕焼雲の美しさ、朝の微風の快よさ、ウィスキーの苦味、街のざわめきなどに感動し始める。彼は先ず肉体で世界をおぼえ始めるのだ。彼がいくら精神的になろうと努力し、またそうであると自負したところで、青年の精神ほど肉体的なものはないとぼくは思う。

生きているということは、肉体的なことにすぎない。それが肉体的でなくなってくるのは生活によってであるとぼくは考えている。青年の青年たるゆえんは、彼がまだ人間の生活を知らぬところから来る。こういう云い方をするといかにも、おまえは苦労を知らないからな、と云われそうな気がする。だがぼくには、青年が生活の不幸というものを、本当に人間的なものとして受けとることが出来るのかどうかが少々疑問に思われる。青年は、悲しんだり怒ったり、苦しんだり傷ついたり、そしてものに厭きたりもするが、決して本当の倦怠というものを知ることの出来るものではないとぼくは思う。それは青年の肉体の構造からそうなるのである。彼はいわば出来たてなのだ。彼は新しい。そのため世界も新しい。彼は育つ、そのため世界も変るのである。彼がもし健康な肉体の持主であるならば、彼は不幸を、それが貧乏であれ、何であれ、ただ彼をおびやかす敵のようにして相手にするだろう。そうして彼は頭は抽象的な理窟で一杯にしているかもしれないが、実は自分では気づかずに、肉体的にそれと戦ってしまう。

肉体以外のもので青年のもっているものは、それが何であれ、すべて夢なのである。彼は本当は肉体の現実以外の現実を知らない。即ち彼はコスモスを知っているが、未だ人間を、特に人間の生活というものを知らない。それは彼の貴重な特権だ。そして青年の役割というものを、ぼくはそういうところからひっぱり出したいと思っている。

生活とは倦怠のことではないのだろうか。それは成人たちの間の暗黙の秘密なのかもしれない。ぼくはこういうことを口に出すべきではないのかもしれぬ。おそらくぼくももう少し年老いたら、生活というものを大人の秘事として黙っているかもしれない。だがぼくはそうするにはまだ一寸若過ぎるらしい。最近になって、ぼくは自分の感受性に自らが厭き始めているということに気づいた。これはぼくにとっては大きなことであった。何故ならそれはぼくにとって、生命力のおとろえの、或はそれが大げさであるならば、少くともその停止の始まりに思われるからだ。恐らく、ぼくはもう若くなくなりつつあるのだ。生活というものが始まったということをその時からぼくは肝に銘じた。だがぼくにはまだ厭きることが新鮮なことにみえる。その点でぼくはまだ自分の若さを自負してもいるのであるが。

肉体が性的に完成することによって、人は生に与えるようになる。だが生に与えることは、生活に与えることとは違う。生活に与えることによって始めて青年は成人するのだとぼくは考える。その時彼は始めて文字通り人間に成るのだ。現代では一般に、結婚と働くこととによって青年は成人する。やや図式的な仕方であるが、ぼくは、人が生に与ってから、生活に与るまでの間を青春、従ってそれが青年の時期であると考えることにしている。

生きているということと、生活しているということとの相違をもっともてっとりばやく云えば、前者を非人間的、後者を人間的と云って差支えないだろうとぼくは思う。生きるとは、コスモスの中に生きることだ。だが、生活するとは、人間の社会の中に生きることだ。現代ではこの違いを理解する人は少い。むしろ下手をすると、コスモスなどという言葉は野暮な言葉、悪くすると危険な言葉にされかねない。青年は意識的、無意識的にかかわらず、これに抗議する。青年は生きようとするものであって、生活しようとするものではない。一見如何にソシアルに見える彼の行為も、その意味では本当にソシアルになり得ないものだとぼくは思う。何故なら、人間以外のものになることを、いやいやながらでもあきらめてこそ、始めて人は人間になれるものだからだ。人間は生活という唯一の現実によって人間になる。青年は生活以外のすべての夢によって青年になる。

青年は人間である必要はないのだ。彼は自分の夢を喰って生きるくらいの非人間的な強さをもっていなければならぬ。倦怠はおそかれはやかれ彼を襲うのだ。その前に、彼の肉体がまだ新しいうちに、青年は彼の役割を果さねばならぬ。ビリイ・ザ・キッドは若かった。彼は太陽や風や、残酷な青空や、愛らしい女を知っていた。彼はコスモスとその中の生命とに気づいていた。彼は人間や、その生活などを知りはしなかった。彼が強かったのはそのためだ。彼は死のもつ非人間的な意味だけに気づいていた。死のもつ人間的な意味などに気をとられなかった。彼の手が震えなかったのはそのためだ。そしてそのためにこそ、彼は人間としても偉かった。彼は人間を代表して、コスモスの真只中に立ってひるまなかった。彼は人間を殺すことで、コスモスと戦ったのだ。

ぼくのビリイは、ぼくに似てまだ少し若すぎるだろうか。だが生活というものはえてして青年を怒らせるらしい。ぼくには、生活の中にすっぽりはまりこんでしまって、コスモスなど思い出しもしない成人たちがうらやましい。彼等はもはや死をも生活的に理解する。何というすばらしい智恵だ。彼等にもう一度ぼくらの出来たての肉体を貸してやりたい。コスモスの中の生命がどんなものか思い出させたい。ぼくらがいかにコスモスと戦い、いかにそれに従うかを見せてやりたい。人間のもたざるを得ない非人間的な役割に気づかせたい。

青年が青年の時代をもつことの難しいのが一般に日本の現状である。青年らしさなどというものはあまりはやらない。早く大人のように悪賢くならないと、いつ食いはぐれるかわからないからである。だが肉体が若い限り青年はどんな時にも青年なのだ。大人たちはいつも若さのもつ非人間的な秩序というものに気づいていなければいけない。そして青年を動かすものはコスモスであって、決して大人たちではないということにも。大人たちはただ自分たちの人間的な秩序というものを、正しいと信ずる形で見せるだけでいい。青年はいつかはそれを受けつがざるを得ないのだから。だが大人たちが青年に人間を強制すると、青年は本能的に自らの非人間的な秩序でそれに対抗しようとする。非人間性が本当におそろしくなるのはこのような時である。だがそうでない時には、青年という獣は、その非人間性によって、かえってコスモスの中の人間の位置を正しくするとぼくは思う。

恋する二人にタブーはない

性行為という言葉はぼくは大きらいです。おまけにその性行為とやらを、ホウヨウとかセップンとかに分けて、その一々について一種の統計をとり、それによって、われわれ現代日本の若い男たちの「恋愛中の性行為をどこまで認めるか」についての考え方を知ろうなどというやり方がはやります。何ともイヤラシイ話です。

男は一人の女を知ることによって、女というものを知るのです。それと同じように、一人の女は一人の男を知ることによって、男というものを知ればいいのであって、現代日本のすべての若い男たちの考え方に通暁したって、男のオの字も分るものではありません。「恋愛中の性行為をどこまで認めるか」ということにしたって同じこと、もともとこんなことはこういう風に抽象化され得ることではないのです。あなたとあなたの恋人の間だけの問題、二人きりの問題、しかもそれは「問題」などと云えるようなものではない、生きてゆく上でのひとつの自分たちだけの人間的な決意である筈です。

精神と肉体という区別がもはや少しおかしい。だから、恋愛の中から性行為などというものだけを抽象してみたりするのです。どんなにプラトニックな恋愛だって、それが性的でなければ恋愛とはいえない。恋愛っていうのは、本当の意味での性の営みの始まりではありませんか？　それはある意味では、まだ本当に人間的なものではありません。むしろ動物的なものだと云ってもいい。恋人たちは二人の人間というよりは、二匹の動物なのです。だから何をしてもいいとは限らない。二人が動物であれたとしても、彼等のまわりは人間で一杯です。それが彼等をおそれさせます。だが彼等がそれをおそれるのは道徳からではなく、むしろ打算からではありませんか？　恋をしている二人の、その二人だけの間には性に関するいかなるタブーもないとぼくは考えます。彼等の最高の倫理的目標、それは、この瞬間の生をあますところなく生きるということです。

だから原則的には彼等にはすべてが許されている。あと彼等をしばるものは彼等自身の世間的な打算だけにすぎない。「赤ちゃんが出来たらどうしよう」「この人があたしを捨てたら……」「結婚式にはきれいな体で……」エトセトラ、エトセトラ女は考えます。だがもし、本当に生きて愛そうと決意するなら、それらはすべて知恵によって超えることの出来るものです。いやむしろそれらのすべてを、自らの責任においてひきうけてもいいと決意した時にこそ、初めて本当に愛する資格があるのだと厶った方がいいかもしれない。

本当に生にあずかろうとする情熱、それは単なる享楽主義とは全く違ったものです。あらゆる人間的責任を覚悟した上での生への決意、それは一夜のあやまちなどと云われるものではなく、男にとっても、女にとっても、人間への第一歩だとぼくは考えます。

数える

B. Malinowski に

パギドウとボゴネラ
六つの時にもう
一緒に寝た
彼女の胸は彼の胸と同じように平たかったが
二人はネム芋の根のようにからみ合い
お互いのまつ毛を
噛み合った
二人の喜びは
小さな青いいちごの実のように露に濡れ

心は凪の日の丸木舟のように空を走った
パギドゥは彼の小さな恋人に
紅い貝がらを
贈り
自分の歯でつくった首飾りを
贈った
そして二人はお互いの髪の毛の
しらみを食べあった
ボゴネラはやさしくやさしく
しらみを噛んだ
太陽は
タコ椰子(やし)の影をゆっくり
廻した

パギドウとボゴネラ
六つの時にもう
一緒に寝た
ボゴネラは自分の年を
知らなかった
ボゴネラは未だ数を数えられなかったから
だが彼女は
数えることが出来た
〈パギドウのこすい蛇　あたしをなめると
パギドウとボゴネラひとつ
太陽がお腹の中に帰ってくる
バギドウの強い槍　あたしを刺すと

パギドウとボゴネラひとつ〉
それから二人は波打際で
池をつくって遊んだ

二つの恋文

マリア、お前はもう眠っているだろうか。もう夜はおそく、月も沈もうとしている。俺は昼間の労働でひどく疲れている。眠い。だが眠れない。夜が明ければまたどうせお前の顔を見ることが出来るのだが、俺はお前が恋しい。本当は恋文なんていうものは書かずにすめば、それにこしたことはないと俺は思う。言葉なんて頼りないものなのだ。

朝の太陽の光の中を、お前が俺に向って歩いて来る。お前の眼は朝空のように青く、お前の髪は朝の大地のように黒く、お前の肌は小羊の柔毛のように柔く白い。俺にはそれで十分なのだ。この広い世界の中で、そのお前よりも美しいものが何処にあるだろう、そのお前よりも大切なものが何処にあるだろう。そうしてそのお前というものを表すことの出来る言葉が何処にあるだろう。そのお前を見ている時の俺の気持を書き表すことの出来る文字が何処にあるだろう。俺は黙ってお前を見、お前は黙って俺を見る。ただそれだけで俺たちは完全な筈だ。俺の仕事場の傍のあの橄欖(かんらん)の若木のように、俺たちは立っている。そして生きている。お前が青空の時、俺は山だ、お前が雲の時、俺は風だ、そしてお前が小鳥の時、俺も小鳥なのだ。——だが、そういう無垢の幸せの中にばかり住むことは出来ない。俺たちは、やはり人間だ。

昨日、お前のみごもったことを聞いた時俺はやはり動揺した。

お前を信じていた筈の俺だったが、俺はすぐに、近所の男たちの顔を一人一人思い浮かべた。だがそれは俺の眼をまっすぐに見るお前の眼の輝きに消されてしまった。

マリア、俺はお前を信ずる。俺はまだ一度もお前の体にさわったことがない。だが俺はお前の云うことを信ずる。お前が処女のまま受胎したということを。何故信ずるのかということについて、俺は何の理窟も思いつけない。俺はただ、お前を見ることだけで信ずるのだ。今はこの信ずるという言葉さえ俺には邪魔に思える。山と空との間に言葉があるだろうか、橄欖の若木と大地との間にどんな言葉が要るだろうか。俺が生きていて、お前が生きている、俺にはその二人の間の深いつながりと、そのつながりのもっている調和と完成と満足の感じだけが解る。それを愛と呼びたければ呼んでもいい。だが、黙って向かいあっている方がよければ、その方がもっといい。俺たちが、むすばれることは、もうずっと昔から決まっていたことなのだ。そしてそれはこれから先いつまでも変らないことなのだ。それは丁度ヨルダンの流れと同じように自然なものなのだ。俺たちはこれから先ずっと一緒に生きてゆく。時にはいさかいもするだろう。だがそれが何だというのだ。それは時折のあらしのようなものだ。雨が降ろうが、風が吹こうが、陽が照ろうが、大地と空とは、ここにあり、その調和は破れない。俺たちの生活もそのようなものなのだ。

マリア、お前はもう眠っているだろうか。もうすぐ、俺もお前のかたわらで眠れる夜が来る。だがそれまでは、お前の名前を呼ぶだけで我慢しよう。マリア、マリア、マリア、俺はお前の名をいろいろな云い方で呼ぶ。その度に少しずつ違ったお前が現れる。ほほえんでいるお前、すねているお前、生真面目な顔をしたお前。そうして今、俺にとって、言葉は只ひとつしかない。それは俺の生きるための唯一の呪文だ。マリア……と俺はその言葉を口にする、俺はただ呼ぶ、そうすると、俺は自分の生きているのが解るのだ――おやすみ　マリア、また明日、そうしていつまでも。

＊

智恵子さん、昨夜は失礼しました。話が少々突然だったので、僕も一寸逆上したらしい。しかし、家へ戻ってよく考えてみても、僕のあの時云ったことは、もう変りません。君のお腹の子供は、僕の子ではない。それは僕の日記を見れば解ります。僕は随分見事にだまされていた訳です。何だかすごく苦い薬を飲んだあとみたいな気持です。僕は本当は自分の子供だと思いたいのです。でも、残念ながらいくらこじつけてみても、それは無理な計算でした。結局僕も君もお互いに愛し方が足りなかったんですね。僕は決して君を責めようとは思わない。また責める権利だってありゃしない。僕だって機会があれば、浮気したかもしれない。第一結婚の話を避け続けていたのは僕の方なのですから。僕はもともと自由なつきあいをしたいと思っていたのです。お互いに束縛しあわず、お互いに傷つけあわない自由なつきあい。しかし、そんなものは結局現代人のみみっちい我がままにすぎないことが解りました。お互いに束縛しあわないお互いに傷つけあわない愛なんてどこにあるでしょう。愛なんてそんなに牛ぬるいものではないんです。我々にとっては、それはもはやひとつの戦いなんです。僕等は一緒にいる時でさえ、お互いにひとりぼっちすぎましたね。僕等はいつもおそれあっていたのではありませんか、自分の愛を、そして相手の愛を。愛っていうのは、自分を忘れてしまうものである筈なのに。

僕等はそれでは全然愛しあってなんかいなかったのでしょうか。僕は決してそうは思っていません。今だって僕は君に会いたい気持をいつわることが出来ません。しかし、僕等の愛は、それを一応愛と呼んだにしても、余りにも卑少な愛です。僕はそれが口惜しいのです。愛は何よりも先ず肉体的情熱です。それは洪水みたいに何もかも押し流してしまう。つまり本当の愛っていうのは、きっとすべてをおおいつくすものなんだ。僕等にはそういう烈しさはありませんでしたね。せいぜい一晩すべてを忘れることが出来るだけだ。朝、ホテルの白々とした室(へや)で眼を覚ますと、もうすぐ商売のことやら、君の新しい洋服の払いのことやらを思い出す。たまに一緒に旅行に出かけて、楽しいこともあった。でもそれだけの話です。未来へ続いているものもなければ、信ずるものもなかった。第一僕なんかこの信ずるってことがよく解らないのです。昨夜、君は「信じてね」とか「信じないの」とか何度も云っていたけれど、君だってきっとその言葉の意味は解っていなかったに違いないのだ。信ずるっていうのはすごく妙な、グロテスクな言葉ではありませんか、僕等の世代の人間にとっては。僕は勿論君を信じません。お互いに現代に生きていて、卑少な愛しかもってないのだからあたり前な話です。そりゃあ少々悲しいようにも、また僕たちが不幸なようにも思いますが、仕方がないでしょう、だまし合いを続けるよりましです。我々二人への挽歌として、或るロマンチックな詩人の書いた〈ヨセフの恋文〉を写して、君に捧げます。僕の最後のプレゼントです。昔々まだ人間がもっともっと素直だった時代の話です。どう少々うらやましい気もするでしょう。

今迄、僕等もお互いに随分沢山恋文を書きっくらしましたね。時には愛なんて大げさな言葉を濫発しながら。しかし愛、愛って云えば云う程、本当の愛は生まれてきませんでした。疲れてしまうだけでした。今も僕は疲れています。本当はこういう時には、君が恋しいのです。でも、もう僕は君を抱けません。僕は君を信じていません。智恵子さん、あなたはもう眠っているでしょうか。智恵子さん、僕もヨセフにならって君の名を呼びます。僕はただ君の暖い胸が恋しい。君の眼などはどこを見ていたっていい。智恵子さん、僕は君を愛しています。但、ほんの少し、穴の中の鼠の尻尾の先位しか愛していません。おやすみなさい。智恵子さん、これが僕の最後の恋文です。

泣く

彼女には泣くべき理由があった
彼女には泣くべき理由が沢山あった
そして誰もそれを理解しなかった
だから彼女は泣いた
黒い裏皮の手袋の
右の手で右のまぶたを押さえ
左の手で左のまぶたを押さえて
涙は次から次へと丸い滴(しずく)になって
唇のところでとまって
それは少し塩辛かった

外では雨が降っていた
それは涙とは似ても似つかなかった
雨には理由がなかったから
角の花屋ではチューリップが生々としていて
花屋の小さな男の子は裸足ではしゃいでいた
だから彼女は泣いた
彼女はもう大人で裸足にはなれなかったので
彼女には泣くべき理由が沢山あった
それは一々口では云えない
彼女にもよく解らないことだってあったので
だから彼女は泣いた
去年の今頃はこんなじゃなかった
この長靴だって水はもらなかった

だから彼女は泣いた
それから静かに立ち上り
軋む硝子戸を押して外へ出た
舗道は濡れていて
どこまでも続いていた
遠くで橙色の信号灯が
病気の太陽のように明滅していた
これというのもみんな
あの愛というもののせいなのだ
その愛は彼女をさいなみ
彼女の乳房の尖（さき）をかたくした
だから彼女は泣いた
泣きながら歩いた

夜がもう行手一杯に立ちふさがっていて
彼女はこわかった
だが誰も彼女を助けられない
僕も君も彼女自身も
だから彼女は泣いた

女＊果てしなき夢

女、という一語を口に出しただけで、もう私は万感胸にせまって何も言えない。但、この万感は、文字通りの万感なのであって、必ずしも感激の感だけとは限らないのである。倦怠、嫌悪、愛、悔恨、なつかしさ、かなしみ、楽しさ、ありとあらゆる感情と感動のために、私の胸は千々にひきさかれてしまう。だから私は、女についてのこの文章も断片的な形で書かざるをえない。もっとも少々利口な男ならば誰でも、女について論理的になることの馬鹿々々しさくらい知っている筈だが。

＊

女は、とこう書いただけで、私はもう絶句してしまう。この一語の後には、すべての言葉が可能だ。例えば、動物園へ行ってみようか。ボナンザグラムではないが、女は、のあとに続く動物を探してみよう。例一、女は手長猿だ。なかなか直截な言い方だ。例二、女は狐である。真理だが、少々言い古された感がある。例三、女は虎だ。

箇にして要を得ている。特に夜間の場合など。例四、女はガラガラ蛇だ。鋭い暗喩である。核心をついている。例五、女は白鳥である。やや感傷的だが、ある場合には正しい。例六、……等々。かくの如く、いかなる動物をもってきても、ふさわしいのだ。そうして同時に、いかなる動物をもってきても、それで言いつくせているということはない。何も動物に限らない。男にとっては、女というものは、いかなる言葉をもってしてもとらえられぬあるものなのだ。私は何も、女、この複雑なるもの、などと言いたいのではない。女について書いている自分の馬鹿々々しさを呪っているのだ。女を愛したり、にくんだり、倦怠したり、いじめたり、子供を生ませたりすることは出来るが、女について書くなどということは、医学的に書くのを除いて、本当の男には出来ぬことなのだ。女について書くことの出来るのは、シモーヌ・ド・なにがし女史のような女自身か、でなければ宦官（かんがん）くらいのものだろう。

＊

男にとって、女とは、或る全体なのである。それは彼の生きねばならぬものなのだ。空や地のように、それはそれ自身の存在において完成し、生きようと思えば、男は決してそれを避けることは出来ない。

女のその全体性、それが男をうんざりさせ、それがしばしば男を打ち負かし、同時にそれが常に男を慰める。

詩人たちはよく女の体を風景にたとえる。なだらかな二つの丘、それに続く斜面と、そのはずれにある小さな叢（くさむら）などと。これが比喩だとしたら、何と拙劣な比喩であろう。だが、これは比喩ではないのだ。これはひとつの実感なのである。

女と大地、これ程似通ったものはない。男にとっては時にはそれらは殆ど同じひとつのものだ。女は横たわり、そして受け入れる。女は待ち、雨に降られ、種を蒔かれ、そうして育てるのだ。女は重さだ。女は空には憧れぬものなのだ。天使は男である。そうして、ミステール四号機を駆って、時速一千百五十一粁（キロ）時の婦人世界最高速度記録を出した、ジャクリーヌ・オウリオル夫人の顔はもはや女の顔ではない。それは中性の顔だ。

＊

男は飛びたがる。男は離れたがる。男は軽さなのだ。接吻を重ねれば重ねる程、男は軽くなる。女は逆に、接吻を重ねれば重ねる程重くなる。三日間女と一緒にいると、もう男はひとりで酒が飲みたくなる。その代り、三日間女と離れていると、男は猛烈に女が恋しくなる。女は違う。三日間男と一緒にいると、女はその男と一生一緒にいたいと思う。その代り、三日間男と離れていると、女はその男を忘れてしまう。

結婚とは、男にとっては、女の重さに耐えることだ。それは同時に、地球の重力に耐えることでもあるのだが。

女にとっては、結婚とはアドバルーンを飛ばしているようなものだ。昼間は適当に男を飛ばし、夜は洗濯物と一緒に彼をとりこむ。むずかしいのは、その飛ばし方だ。手を離してしまっては勿論いけないし、あんまり低いところで押さえておくのもいけない。

＊

結婚というものは、たしかに結婚というものなのである。結婚ということではない。結納（ゆいのう）というものから始まって、モーニングに高島田、たんす、鏡台、茶碗、鍋、釜、犬小屋、エプロン、靴べら、表札等々。もしこれが時代おくれだというのなら、ミキサー、電気洗濯機、アイロン、テレビ、真空掃除機だっていい。そうして毎日の食事、パン、紅茶、ジャム、豆腐、油揚、牛肉、卵、さしみ、みかん等々。夜になればまた、敷ぶとん、掛ぶとん、電気スタンド、その他。これらのおびただしいものの間に秩序をつくり、そのものの制度の中で男を飼い馴らすこと、それが女の仕事だ。結婚とは、先ず愛情ではない、先ず制度なのである。〈私はお掃除も下手だし、御飯もこがしてばかりいる。でも大丈夫、彼は私を愛してくれているんだもの〉とんでもない主客転倒だ。男にしたところで、あらゆる些細な理由で女を愛するものなのだ。

家庭の中では、女が政治を司るのである。民主制であれ、封建制であれ、女は先ず有能な政治家でなければいけないのだ。彼女は確固たる制度を維持し、男を統治しなければいけない。

*

男の、女に対する夢ほど深く根強い夢はないと私は思う。その夢があんまり深いので、おそらく殆どの男は、女の本当の姿というものを一生見ることが出来ない。男がその夢から覚めることの出来るのは、男のあの短いオルガスムスの間だけだ。あの快楽の一瞬、男は女の本当の現実に目覚めている。だが、その一瞬が終ってしまうと、男はまた夢見始める。女ってなあ、何て退屈なものなんだろう、などと。

少年時代の夢は美しい。男は誰でも一度は彼のベアトリーチェを夢見る。私自身についていえば、私は小麦色の肌、仔鹿のような肢、いつも怒ったような純潔な顔を夢見ていた。即ち私は女でないものを女として夢見ていたのだ。最初の接吻が私の感傷を大層肉感的に溶かしてしまった。そうして私は、肉の現実を知った――と思った。だが、おそらく殆どの成熟した男たちが、女の本当の現実だと思いこんでいるこの肉の現実というものも、少年時の夢とそう大差はない夢なのだと私は思う。肉の現実のあとには、生活の現実というやつが来る。これがもっとも現実的だ。だが、生活の現実の中の女だけが、本当の女だと思っている男たちは、やはり怠惰な眠りをむさぼりながら夢見ているのである。

＊

女こそ、おそらく本当の現実の名に値する巨大な現実のひとつであろう。人類誕生以来、女という現実は絶えることなく男の前に立ちふさがって来た。その現実のあまりの巨大さに男は哀れにも目がくらんでいるのである。だから彼は夢見ることによってしか、その現実をとらえられない。それを本当に知ることは、天文学的努力を必要とするだろう。男にとって、女とは人間を超えたものである筈だから。男と女の関係とは、単なる人間的関係にとどまらない。それはコスモスの有機的な一部分として、コスミックな関係と言えるのである。そのような深い宇宙的生命感こそが、男をして本当に女を知らしめるものではあるまいか。肉の現実も、生活の現実もその宇宙的現実の上に立たなければ、ただの夢にすぎない。

＊

男にとって、何野何子を愛するということは、何野何子の個性を愛するということではないのだ。彼は、何野何子の中の女を愛するのである。女の人間的魅力などというものは、しれたものなのだ。男にとっては、女の魅力とは、その性的魅力以外の何ものでもない。性的魅力という言葉は、近頃少々せまく解釈されすぎる。私のいうのは、コントラバス・スタイルとか、ウォーク・アウェイのことではない。例えば、マリリン・モンロオの魅力を、殆どすべての人たちはその表面的な肉体のなやましさからくると思っている。だがそれは思い違いというものだ。モンロオの魅力はもっと深いところからくる。もっと深い女性的生命のやさしさの魅力なのである。男たちは自分でも気づかずにそのやさしさに動かされているのだ。彼等はてれかくしに口笛を吹いたり、わざとワイセツなことを叫んだりするが。

女はしばしばそれを理解しない。彼女等は男に愛されようとして、自分たちの利口さや、才能やをひけらかす。でなければ、ひどく浅薄に女というものをひけらかす。

どちらも男にとっては何の救いにもならない。

＊

どんな男でも、本当の男である限り、彼は女なしでは生きられないし、また生きてはいけないのだ。彼は人間と、そして彼の一人の女のために生きてゆくものなのだ。彼の生き甲斐は仕事と、家族の他にはない。この単純な真実こそ、何万年の昔からあらゆる男の守りつづけてきたことなのだ。

＊

さて、これは私の万感のほんの一部にすぎない。むしろその一部でさえないかもしれない。書くことが仕事であるから、私は女について書かざるを得なかった。西部の男たちなら私を笑いとばすだろう。女ってなあ、抱いてやるもんだぜ、え、詩人さん！

では、一日の仕事も終りに近づいた、私も私の女の方へ帰ってゆくことにしよう。どうか彼女がくだらないおしゃべりで私を悩ましませんように。

窓

R.M.R に

窓は誰かのみはった眼ではない
窓は空のための額縁ではない
女は窓を開く
それにはいつも訳があるのだ
土の匂う朝の空気を入れるため
男のきらう焼魚の煙を出すため
仕事に出かける彼に接吻を投げるため
大声で豆腐屋さんを呼び止めるため
彼女は窓の中から夕焼を見ない

夕焼を見るなら窓からのり出す
そうしなければ夕焼の大きさはわからない
夕焼の味や香りや音を楽しめない
女が窓を閉じる時
それにはいつも訳がある
彼女にうそ泣きをさせる砂埃を入れぬため
お金の無い時に街のざわめきを聞かぬため
楽しい食卓から意地悪な夜を閉め出すため
星々の誘惑に男の眼が盲目になるのを防ぐため
女はしっかりと掛金をおろし
手製の刺繍(ししゅう)のあるカーテンをひく
そうして部屋を二人だけのものにする
毎日毎日女は手まめに窓をあけたてする

桟(さん)には埃ひとつない　だがそれは
女が窓を愛しているからではない
窓のむこうの太陽を　窓の中の男を　窓の内と外との世界を愛して
女はいつも窓を超えている
彼女は窓にもたれない
そのむっちりした指で素早く窓をあけたてする
すると雀たちがまるで自由に
彼女の窓を出たり入ったりするのだ

愛をめぐるメモ

結　婚――マックス・ピカートの美しい言葉。

結婚のなかにあるもの、……それは一人の男と一人の女、何人かの子供、食べたり寝たりするための僅（わず）かの家具什器（じゅうき）、そして恐らくは二三匹の家畜、ただこれだけのものである。世界創造のはじめには丁度そのようであった。しかも、世界創造のはじめから今日に至るまで、常にただこれだけのものが、結婚家庭のなかに存在していたのである。――すなわち、一人の男と一人の女、それに何人かの子供と幾つかの道具。……富が築かれ、そして滅ぼされた。夥（おびただ）しい人間が地上を充たし、そしてまた大地の下に消えていった。大洪水が襲来し、そしてふたたび新しい土地が生じた。それでも、常にかわることなく、何人かの子供と幾つかの道具とをたずさえた一人の男と一人の女とが、結婚家庭のなかに依りそって立っていたのである。何時（なんどき）でもわれわれはまたここへ帰って来ることが出来る。何時（なんどき）でもまた、われわ

れはここから始めることが出来るのである。　（ピカート「ゆるぎなき結婚」佐野利勝訳）

結婚を信じなおさねばならない。私たちは結婚を単に社会的な形式として考えるか、でなければそれを愛という全能の一語の下に、あまりにも曖昧で主観的な一種の男女関係にまでおとしめてしまう。結婚はひとつの秩序なのだ。しかもそれは人間的な秩序であると同時に、人間を超えたものにかかわる秩序なのだ。その意味で、結婚の中に宗教的なものを殆どもつことの出来ぬ現代日本の若者たちは不幸だと云わねばならぬ。だが、三三九度の盃が如何（いか）にこっけいであろうとも、結婚の中に自らを超えたものを見出すことは出来る。夫は夫だけでは何者でもない。妻も妻だけでは何者でもない。だが夫と妻とが力をあわせて、日々を生活してゆく時、二人はただ単に一組の男女ではない。彼等は愛によってよりも先に、結婚というものによってむすばれて、ひとつの秩序を世界のために支えているのではあるまいか。

接　吻

どんなおしゃべりな娘も、接吻する時だけは口をつぐむ。どんな食いしんぼうの男も、接吻する時だけは口を休める。接吻は飲み食いやおしゃべりと両立しない。そこに接吻の尊厳と美とがある。同時にその効用もある。

接吻。黙っている合言葉。

接吻とは本来欲望の表現であるより先に、親しみの表現である。それは自分の満足のために奪うものではなく、お互いの喜びのために与え合うものなのだ。

接吻が先ず愛をその始源的な静けさにみちびく。

どんなに気のない接吻にでも、接吻の意味はある。接吻はひとつの形式でもあるからだ。如何なる接吻も、それを言葉に飜訳して云うことは出来ない。倦怠期の夫婦の儀礼的な接吻にも、それなりの効用はある。少くとも彼等はそれによって礼節だけは保っていられるというものだ。

接吻は、動物たちの体をなめ合うのが進化して出来た形ではあるまいか。接吻の中には何かそういう親しく和やかな感じがある。欲望のための性急な接吻しか知らぬ者は不幸なるかな。接吻には無限の変化がある。性の交わりには常に、オルガスム＝受胎という一種の機能的終点がついてまわる。そのためそれは、如何に快楽だけを目的にしたものであっても、妙な重苦しさをもっていて、純粋な遊びにはなりきれない。だが接吻はもっと軽やかなものだ。それは仔犬のふざけっこのように、純粋な遊びでもあるのだ。

欲望

欲望の中のやさしさに男は照れる。彼は自分の欲望は、penis 君の元気のいい時にだけ存在しているもんだと思っている。欲望の去った後の、やさしい彼を、男は恥じる。だが女は、そのやさしい彼、おとなしい彼、今や女よりも無力な彼を愛する。女はやさしい彼の中に休んでいる欲望を敏感に感じとっているのだ。

無理におさえると欲望は粗暴になる。素直な形であらわにされた欲望はやさしい。往来で、かわいい娘に向かって口笛を吹くというあの南欧的な習慣は美しい習慣だ。だが、その口笛は物欲しげであってはいけない。美しいものを見た喜びと、快楽のやさしさへの思い出と期待とが、男の顔を自然にほころびさせるようでなくてはいけない。

妻

妻はある意味では女ではない。つまり妻は一人の妻であることで、女一般を超えている。プラトニック・ラヴというものは、夫と妻の間においてこそ可能になるのではないか。互いの肉体を知りつくしてしまうことで、二人はより精神的になってゆく。

肉体を肉体として意識せずに、それを二人の存在そのものにまで、いわば精神化してしまう。それ故、夫が妻に感じる欲望は、彼の男としての性欲一般とは少々異っている。それは肉体的欲望であると同時に、もっと精神的な希求でもあるのだ。彼は妻に挑むのではなくむしろ、妻の中へ、かい、帰ろうとする。

浮気

浮気は、男又は女が、女又は男とするものである。つまりそれは、本来純粋に性的な関係なのだ。

夫が外で浮気してくる。相手は誰でもいいのだ、彼は肉欲によって女一般と関係したにすぎない。それは単に男と女との関係にすぎず、夫と妻との関係とは本質的に意味を異にする。夫は同じように一人の女と寝たかもしれないが、それを彼はただ楽しみや慰めのためだけにしたのだ。決して自分や世界の未来のためにしたのではない。だが、夫が妻と寝る時、彼はそれを自分の未来、世界の未来のためにもするのだ。それにはひとつのたしかな意味があるのだ。

夫婦が、二人の交わりの、いわば精神的価値とでもいうべきものに、自信と誇りとをもっていれば、実際浮気のトラブルといったものもすこしは少くなりはしないだろ

真のやさしさはひそんでいる。それ故やさしさは、むしろ人自身のそれと気づかぬ所にあるのだ。ほんの小さな身ぶり、かすかな眼差、一寸した言葉つきにも、やさしさはかくれている。無意識のうちに、私たちはそれによって慰められているのだ。

例えば、夫にとって、妻の上機嫌ほど慰めになるものはないのである。日常の下らない冗談は、ひとつの思想におとらず人を生かす支えになる。冗談でなくともいい。女の生命のやさしさに、知らず知らずのうちに力づけられている。夫はその中の女の生命体の動きを見ているだけでも、男はそのやさしさに動かされているのだ。その時男が好色な目つきをしたとしても、女はそれを許してやらねばならない。

ただそれだけの唄

公園の遊動円木の上で
ふたりは始めて会ったのさ
ふたりが六つと七つのとき
それがどうしたの　それがどうしたの

裏街の陽かげの路地の片隅で
ふたりは始めてキスしたのさ
ふたりが十五と十六のとき
それがどうしたの　それがどうしたの

海岸の波のきこえる夏の夜
ふたりは始めて愛しあった
ふたりが十八と十九のとき
それがどうしたの　それがどうしたの

波止場のかもめの巣のそのそばで
ふたりは始めて別れたのさ
ふたりが十九と二十のとき
それがどうしたの　それがどうしたの

なんにもどうもしやしない
ふたりは愛しあったんだ
ただそれだけのことなのさ

ただそれだけの唄

寺島尚彦曲

淡々と　自由に

恋の中の音楽＊その二・三の形

その曲の名は、いまだに解らない。ただ、その初めの方の数小節を口ずさむことが出来るだけである。サックスか、トロンボーンかのユニゾンで始まる曲だったように記憶している。だが、そんなあえかな記憶をたどりながら口笛を吹いてみると、今でもあの夏の終りの高原のひえびえとした朝の空気が、肌に触れてくるように感じる。片附けられて、がらんとしてしまった室（へや）、まとめられた重そうな鞄や木箱の類、冷い霧、ベランダの机の上は火山灰でざらざらしていた。私はその上にノートの切れはしを置いて、汽車の時間にせき立てられながら手紙を書いていた。その夏の、私には生まれて初めてのアフェアのための挽歌を。私は若者らしい観念的な言葉を並べ立て、最後の二、三行になってやっと、糞真面目な甘い言葉を書き加えた。私にはまだ官能などというものは、一寸も解っていなかった。しかし、私の肉体は、私の精神よりも一足先に、それを知っていたのかもしれない。精神の気づかぬ内に、私の肉体は音楽によって目覚めさせられ、傷つけられていたのかもしれない。

机の上にのっていた小さなポータブルラジオが、進駐軍放送の朝の〈ライズ・アンド・シャイン〉の音楽を流していた。その曲はその時間のテーマミュージックだったので、手紙を書き続けていた一時間半程の間に、短いニューズをはさんで、私はたしか、その曲を三度聞いた。その曲が必ずしも、晩夏の高原の別れにふさわしい、ロマンティックなムードをもっていたとは思えない。私は殆ど無意識にそれを聞いた。だが、その何の変哲もないメロディは妙に私の記憶の底深く残った。むしろ、それを憶えたのは、私の肉体だったのだと云った方がいいのかもしれない。そのメロディは、ひとつの傷のように、私の体の中に残ってしまったのだった。

それからは、何かの機会でその曲を聞く度に、私は不思議な感動に襲われるのだった。自分の心、自分の体、自分の存在そのものが、その音楽の中で立ち止まってしまうような感じ……私はひとを思い出すのではなかった。その音楽の短い流れの中で、私はむしろ、世界全体を感じているのだ。それは単なる追憶とも違っている。妙な云い方だが、私にとっては、その曲はさながらその夏のアフェアの貌のようなものになった。それはひとつの特殊な貌、私だけが群衆の中で、それと認めることの出来るような貌である。その貌の奥にかくされている心は私しか知らない。そしてその心は、かつての夏のあらゆる感情に満ち、それ故にそれは、私の生そのものだとも云えるのだ。こうして、私は私の「別れの曲」の名をいまだに知ることが出来ない。が、それはいいことだ。おかげで私は、音楽の純粋な力というものに気づいていることが出来る。それは名づけられぬが故にかえって、その神秘なひろがりを増しているようにも思われる。

＊

恋する心は真珠のようだ。それは、ほんの小さな刺戟物にも敏感に感じて、すぐ結晶し始める。ほんのちょっとした身ぶり、極く短い手紙、貧しい贈物、恋する心はそんなもののまわりに、かわいい小さな結晶をつくる。そして音楽もまたしばしばそのための核となる。

ムード・ミュージックというのが、なかなか盛んらしい。「ミュージック・フォア・トゥー・ピープル・アローン」或は「ビューティフル・ミュージック・トゥゲザー」或は「ミュージック・フォア・デイドリーミング」云々。どうもあんまり信用出来ない。もともとラジオやLPの普及で、少々音楽が多すぎるところへもってきて、これでもか、これでもかと益々過剰な音楽性の押売りである。如何にロマンティックな恋人たちといえども、音楽の方に、こう一足先にべたつかれたんじゃあ気分も出ないのではないかと余計な心配もしたくなる。

恋する者は、恋しているということで、既に酔い、夢見ているのだ。本当は、またその上に酔ったり夢見たりする必要はない筈である。ムード・ミュージックの必要な恋人たちは、自らを偽っているのではあるまいか。酔うために、夢見るために、自らのしらじらしい心から、貧しい現実から逃げるために、彼等はムード・ミュージックを眠り薬代りにして、ハイボールなどをあおっている。

だが、本当に恋している人たちは、音楽を浪費しない。彼等は本当に自分たちの心にふれる音楽を大切にする。それは、往々にしてひとつのメロディ、ひとつのリズム、ほんの短いパッセージにすぎない。その短いパッセージ、彼等がはなればなれにいる時にも、ふと口ずさんでは自らはげますことの出来るような短いパッセージに、彼等は思い出と愛と夢とを託す。しかし同時に、音楽をそのように大切にすることによって、彼等は音楽を音楽でないものにしているということも云えるかもしれない。音楽はその時、ひとつの特殊な情緒に奉仕するものとなる。音楽はその芸術としての独立性を失い、ひとつの形見のようなもの――すなわち、恋をめぐるあの数々の小さな物たち、公園のベンチ、手紙、安い宝石、喫茶店のマッチ、映画の記憶……等と同じひとつのものになってしまうのだ。だが、これはむしろ音楽にとって名誉なことだと私は思う。音楽以外の何ものにもむすびつかず、純粋に音楽だけで自立している音楽などというものが、果して私たちの心の中にあるであろうか。書かれた音符として、或はただ鳴っている音としては、あるかもしれぬ。だが私たち音楽を聴く者は、常に何かの形で音楽を音楽以外のものにむすびつけて、聴いているのではないか。最も純粋な音楽と思われている電子音楽にしたところで、私はある種の現代的なイメージ無しにはそれを聴けない。時には、それは最も現代的なムード・ミュージックにさえなるのである。

恋の情緒の中では、音楽はますます個人的なものになる。それはただ、ふたりをむすびさえすればいいのだ。それは、ふたりの自家用の音楽だ。それがたとえ、ヒットパレードの一位を占めていて、どんなジュークボックスの中にだってころがっている曲であるにしても、ふたりが、ふたりきりで聴く時には、それは彼等の音楽であって、他の誰のものでもない。もはや作曲家のものでもない。そして正にそれ故に、その時その曲は、本当の音楽の名にふさわしいものになっているのかもしれない。

＊

ひとつの音楽に感動する時、私たちは多かれ少なかれ、その音楽のリズムで、世界をとらえているのだ。(私のここで云うリズムとは単なる技法上のリズムのことではない。もっと深く、メロディやハーモニーまで含めて、その音楽に内在しているものを指したいのだ。その意味では、私にとっては、トリオ・ロス・パンチョスの〈ベサメ・ムーチョ〉は、バルトークの弦楽四重奏曲のある一節と殆ど同じ意味をもっている）たとえば、ドヴォルザークの〈チェロ協奏曲〉を聴く時、私は或る年の初夏の、浅間牧場の風景から離れることが出来ない。私はその太陽に輝いた広い牧場と、遠い山々の展望を、そのまま世界をみつめる自分の視野とする。今度は、音楽はひとつの窓のようなものになる。その窓を通して私たちは世界を見る。その世界の姿は、或は現実の世界の姿とは違っているかもしれない。それはちっともかまわないことなのだ。むしろそれは夢でなければいけないのだ。私たちに生きようとする力を与える夢――それは、音楽の最も深いなぐさめのひとつだと私は思う。

愛するひとを想いながら、ひとりで聴く音楽も、しばしば私たちを夢見させる。私たちは、或る時には、ひとをまるで音楽そのものであるかのように感じることもある。それはえてして私たちを過度に感傷的にする。それは危険なことだ。しかし、そのひとのイメージを、音楽の中で描くことによって、かえってふたりの間の感情を浄化し得ることもあるのだ。これは感傷の中への逃避とは違う。――たとえば、〈アパショナータ〉の第二楽章は、私にとっては、ひとつの輝やかしい愛と祈りのイメージそのものであった。それを聴くことによって、私は自分の心の中の、自分でも知らなかった愛に近づくことが出来たのだ。

だが、聴くことと同時に、すすんで自ら歌うことが、これからのこの国の音楽の進むべきひとつの方向であるように、私も思う。恋する者もまた、自分たちの歌をもつべきだ。恋する心は、そのまま歌う心だと云っても過言ではないだろう。シャンソンや、ポピュラー・ソングのおそらく九十パーセント以上が、愛に関連した歌に違いない。その中には、喜びの歌もあれば、苦しい歌もある。しかし、歌うという行為そのものは、如何なる場合でも、歌う者自身にとっては、ひとつのなぐさめとなる。それは先ず肉体的な、なぐさめだ。子供の頃から歌う訓練をしなかったことを、私はどんなに悔いているかしれない。ギターを抱えて、恋人と一緒にデュエットをすることは、私の見果てぬ夢である。一生のうちで、恋をしている時ほど、私たちが音楽に近づく時はないのだ。LPをかけ、燈(あかり)を暗くしてふたりで踊るのもよい。だが、樹蔭で微風を頬に感じながらふたりで歌うことは、恋愛そのものというよりは、恋愛からのひとつの新しい出発なのである。その時こそ音楽は、その最も純粋で始源的な形、歌になるのだ。

沈黙のまわり

沈黙を語ることの出来るものは、沈黙それ自身しかない。では、言葉をもって沈黙を語ろうとすることに、どんな意味があるのか。それにはむしろ意味はない。何故なら、詩人にとって、沈黙を語ることはひとつの戦いなのだから。

＊

生きるために、詩人は言葉をもって沈黙と戦わなければならない。それが詩人の義務である。沈黙を語ろうとすることも、沈黙との戦いのひとつである。それがたとえ愚かな試みであろうとも、私は常に詩人であろうと努めねばならない。

＊

初めに沈黙があった。言葉はその後で来た。今でもその順序に変りはない。言葉はあとから来るものだ。

＊

沈黙は夜である。それは本質的に非人間的なものである。それは人間の敵だ。だが同時に、沈黙は母である。われわれはみな沈黙から生まれた。

＊

物質は沈黙している。宇宙は沈黙している。星々も沈黙している。蛋白質も沈黙している。われわれは、そこから生まれたものだ。愛はその最も根源的な形では、沈黙している。受胎は言葉と無縁だ。

＊

しかし、沈黙はひとりである。声はむすびつこうとするものだ。産声(うぶごえ)、それは最初の言葉だ。呼びかける言葉、最も切実な、愛をもとめる最初の言葉だ。

＊

われわれは先ず呼ぶ。私が〈私……〉とひとり呟く時にも、私はそうすることで、誰かを、何かを、呼んでいる。私はその時、ひとりであることを拒否している。私は世界とむすばれようとする。

＊

永遠に沈黙している限りない青空の下の一発の銃声、沈黙との戦いはそのように始められる。言葉はもはや言葉でなくてもいい、声はもはや声でなくてもいい。沈黙を破ろうとするひとつの音、沈黙と音との間のその緊張、そこから戦いは始まる。

＊

言葉の非人間的な意味に気づいていなければならぬ。沈黙との戦いは、言葉のその非人間的な意味を武器にするのだから。われわれの敵は決して答えない。戦いは常にわれわれの一人相撲に終る。それ故、われわれはただ呼ぶことが出来るだけだ、叫ぶことが出来るだけだ。そうしてそうすることで、われわれは沈黙に切り込むのである。

＊

西部劇のヒーローたちは、人間的なヒーローであるよりも先に、非人開的な意味でヒーローである。彼等の銃は人間を撃ったが、同時にそれは沈黙をも撃ったのだ。果てない砂漠の上の果てない青空、それが彼等の本当の敵なのである。彼等の銃の音は人間の存在の証なのだ。

＊

ジャズのドラマーたちは、騒音をつくっているのではない。彼等は沈黙に対抗するための、別の沈黙をつくっているのだ。あのドラムの音の緊張のさなかで、われわれは青空の沈黙を聞かない。ドラムは最もプリミティヴに人間的なものだ。われわれは人間の肉のリズムを拍ち、それに酔う。われわれはリズムのない沈黙に、人間のリズムをもって挑戦し、沈黙までをも、それにひきこもうとする。そうしてしばしば勝つ。よしそれが束の間の勝利であろうとも。

＊

夜、ひそかに人が愛する者の名を呼ぶ時、それもまた、沈黙とのひとつの戦いである。その時、意味は言葉にはなく、むしろ声にある。月の夜の草原でコヨーテが長い吠え声をあげるのと同じように、われわれ人間も自らの声で、沈黙と戦う。

＊

われわれは沈黙と戦うことによって、沈黙とむすばれることを願っているのかもしれない。われわれは死によって、沈黙に帰ってゆく。われわれは沈黙と縁を切ることは決して出来ない。だが人間として生きること、それは沈黙して生きることであってはならない。そして特に詩人として生きること、それは言葉や声がどんなに信じ難いものであるにせよ、沈黙ではないものに賭けて生き続けることに他ならない。

＊

人を互(たがい)にむすびつけることだけが言葉の機能ではない。言葉は人間のものであり、同時に人間のものでない。〈青空よ……〉と詩人が呼びかける時、詩人はその言葉を、自分と、青空と、そして人々とのために云うのだ。そしてそうすることで、詩人は青空と戦い、かつむすばれる。

＊

歌も常に人のために歌われながら、同時に沈黙のために歌われる。それは時に沈黙をなだめ、時に沈黙を刺し殺す。そしてまた稀には沈黙などにふり向きもしない完全な声となって、沈黙のさなかに咲き匂う。

＊

……沈黙は決して傷つかない。沈黙は決して負けない。われわれは皆いつか沈黙に帰り、そこに安らうであろう。それまでの生きている間、しかしわれわれは勇敢にそれと戦わねばならぬ。

ベートーヴェン

それは尊敬の気持からではなかった。それは愛だったのだ。私が、この人の下男になってもいいとまで思った時のその感動は。私は彼の偉大さを知っていたと同時に、彼のみにくさ、彼の傲慢、彼の偏屈を知っていた。しかし、むしろそれ故にこそ、彼の音楽を通して彼とむかい合う時、私は彼に対する私の感動を愛と呼ぶより他なかった。私は彼の音楽を愛した。しかし、それだけではなかった。私は彼の音楽を通して、ベートーヴェンその人をも愛したのだ。感傷ではなく、私はそれを信じている。芸術作品の中に、その作者を見ることは大変たやすいようで、実は難しく危険なことだ。だがベートーヴェンは私にとって、ひとつの不思議な例外なのだ。私にとっては、ベートーヴェンは芸術家をすら超えている。私は彼の音楽を、芸術としてというよりは、むしろ私の愛する人間の私への親しい言葉、やさしい身ぶりのように受けとっている。心挫(くじ)けた時、私は一人の親しい友人に会うように、またそれ以上に、愛する者に慰めとはげましを求めるようにベートーヴェンに会う。勿論こういうつきあい方がすべての人に正しいとは限らない。しかし私は、自分がベートーヴェンを愛し得たことを幸せだと思う。ひとつの芸術作品を愛することとさえ、たやすいことではない。まして、その作品を通して一人の人間を発見し、その人を愛することが出来るというのは稀な幸運なのだ。私はあえて幸運と云う。大げさな云い方だが、それはひとつの運命的な出会いのように私には思えるからだ。ひとつの作品をいくら理解し得たとしても、私たちとその作品とのむすびつきはしれている。本当のむすびつきは、理解という言葉を超えたひとつの共感、おそらく時には愛とさえ呼ぶことの出来るひとつの肉体的な感動に始まるのではなかろうか。その時、芸術もまた本当の芸術として私たちの中に生きる。そこに至る道程は、しかし説明することの出来るものではない。私もただ、私の愛する人と作品とのまわりを、つたない言葉でめぐるだけなのだ……

人間の歌

沈黙は何と大きいことだろう。私たちをとり囲んで重く、すべてを許すかのように、或はまたすべてを許さぬかのように。どんな小さな歌が、初めての貧しい魂に宿ったのだろう。沈黙との戦いを始めるために、誰が歌うことに気づいたのだろう。私はひとりの人を知っている。もっとも人間的なひとりの歌い手を。初めて歌の人間的な意味を私たちに教えてくれた人を。

彼はひとりの薄汚れたつんぼだった。彼は哀れな失恋者だった。彼は礼儀を知らぬ、つき合いのわるい醜男だった。そうして彼はひとりの本当の歌い手だった。彼は不幸な人間だったかもしれない。伝記作者はえてして彼を不幸の巨人にまつりあげたがる。だが彼よりも不幸な一生を送った人も沢山いる筈だ。彼の偉大さは、彼の不幸の大きさによるのではない。むしろ彼が己れの不幸を感じとるその度合にあると云っていい。彼は不幸をさえ偉大なものにすることが出来た。誰にでもある不幸を、彼は人間の存在そのものの不幸の象徴として感じとった。そこに彼の弱さがあり、同時に強さが始まる。

モーツァルトは小鳥のように歌った。ベートーヴェンは人間として、あくまで人間として歌った。彼の悲しみ、苦しみ、喜びそれらはすべてあまりにも人間的なものだ。彼は初めて音楽を本当の意味で人間的なものにした。彼はむしろ個人的に歌ったと云ってもいい。その意味で彼もまた一個のロマンティストである。だが彼はロマンティストにとどまるにしても、あまりに人間的でありすぎた。われわれはバッハの音楽を聞いても、その生涯には興味をもたない。バッハの音楽に彼の生は無いからだ。しかしベートーヴェンは伝記作者の垂涎（すいぜん）の的になる。彼の音楽は、まるで彼の生そのものののようだ。

＊

一体どのような微妙な仕組が、われわれの中で動いているのだろうか。われわれが音楽に感動する時に。そして音楽とは、〈ポッポッポ鳩ポッポ〉だと思っていた子供が、或日突然音楽の不思議な力に動かされて涙を流す時、一体どのようなひそかな準備が、子供の中でなされていたのだろうか。

私は足元でごわごわと乾いた音をたてた南瓜（かぼちゃ）の葉をおぼえている。そして満天の星と時折夜空をかすめるサーチライトの光とを。私は中学一年生だった。そして私は、「第五」に夢中だった。部屋の中で古い蓄音器をかけておいて、よく私はそれを庭で聞いた。星空の下を歩き廻りながら。

音楽によって、私は初めて生というものに目を開いた。そしてその音楽は、一連のベートーヴェンの作品であった。その初めてのものが「第五」だった。私は毎日のように、くり返しくり返しそれを聞いた。私はただ感動していた。私は生まれて初めて感動ということを知ったのだった。私はその感動からくるどんな思念もなく、ただ純粋にひたすらに音楽に身をまかせていた。そしてそうすることで、私は不思議に元気づけられるのだった。

人を楽しませる音楽はある。人を慰める音楽もある。だが、人をはげます音楽はそう沢山あるものではない。ベートーヴェンの音楽は人をはげます。それはリズムの空元気や、フォルテシモのこけおどかしではない。もっと内面から、たとえその音楽がどんなにはげしくとも、さながら救いに似た静かな力強さでわれわれをはげましてくれるのだ。〈第五〉の第四楽章アレグロの主題が先ず私をはげました。そして〈エロイカ〉の第四楽章アレグロモルトの後半部が、〈第七交響曲〉第一楽章ヴィヴァーチェのコーダが、〈第四ピアノ・コンチェルト〉第一楽章アレグロモデラートの劈頭の部分が、私にとっては、はげましに他ならなかった。それらはすべて単なる凱歌以上のものだ。私にとって殆ど宗数的な意味をもっていた。それらは生命の根本からの最も力強いほめ歌なのだ。それは最も効力ある薬でもある。ベートーヴェンの音楽は人を生へと駆り立てる。

「運命はかく扉を叩く」とベートーヴェンが云ったと伝わっている、あの〈第五〉の最初の主題も、私には生きることへの決意のように聞こえていた。私はだからあの主題をフォルテシモで威圧するように演奏するより、やや控え目に、しかし鋭いアクセントをもって速目に演奏するのが好きだ。あの主題はやはりすぐれて人間的なものに思える。運命というような非人間的なものは、むしろ後期のカルテットの中に、ネガティヴに表現されているようだ。〈第五〉はあくまで人間的な決意の歌のように私には聞こえるのだ。そこには人間のすべての感情が、むしろ無秩序にと云っていい程、錯綜して表われる。喜びのすぐ後に怖れ、まるで日常的な卑小なそれと見まがうばかりのあらわな怒り、そして次には愉快な上機嫌、そうしてそれらすべてをつらぬいて生へのあくなき決意。

ベートーヴェンはこの曲を終らせようとしても終らせきれないといった風に結ぶ。彼はこの曲を無限に続けたいかのようだ。それは無理もないことだ。彼はこの曲に生のすべてをぶちこんだのだから。彼は沈黙に初めて人間的な戦いを挑み、そして勝ったのだ。

祈りの歌

誰かと談笑しながら、私は初めてその音を聞いた。そして私の身も心も瞬間にその音にさらわれてしまった。私は早口に「あれは何?」とかたわらの友人に聞いた。「アパショナータの第二楽章さ。」と友人は答えた。そうして私は〈アパショナータ〉を知った。あのアンダンテの始めの十六小節から私はこの曲の底知れぬ深さの中へ入っていった。〈第五〉を知った一・二年後だった。

ベートーヴェンはもうこの頃から、あきらめというものを知っていたように、私には思われてならない。ただの無気力なそれではない。おのれを超えたものに対するむしろ宗教的な諦念、それは生への畏敬の感情であると云ってもいい。このアンダンテコンモトの主題と変奏は、私には祈りのように聞こえる。それは静かに、まるで母親がその幼い子供に云い聞かせるようにやさしく始まる。どんなに心の乱れている時にも、いや心だけではない私の肉体の病んでいる時にも、私はこの始まりの音を聞くと落着くことが出来る。子守歌のように、それは私を日常的なものから眠らせてしまう。そして私はもっと大きなもの、もっと深く力強いものに目覚め始める。

第一の変奏は、ひとつひとつの祈りの音を、地上的な測鉛でたしかめながら、すすんでゆく。そこでは地上的な左手の音と、祈りの右手の音とが、互いに食い違い争いながら、もっと明るいところへ出ようと悩んでいる。第二の変奏に至って、祈りは午前の光のような明るいところへ出てゆく。あこがれの余り急ぎ足になりながら、もっと高いところをみつめている。

第三の変奏は、讃めながらもあこがれやまない祈りの極点の歌だ。殆どあせっているかのように、調子は早くなり高まる。右手の祈りの歌をたしかめていた左手は、ここでは自ら先にあこがれの烈しさをあらわにする。そして最後のクレシェンドとそれに続くフォルテシモの後に、さながら虚脱のようにもみえる急な覚醒が来る。それはむしろ祈りのあとの無心と云った方がいいかもしれない。あこがれを残しつつも、祈りによって満たされ、自らうなずきながら平和をむかえることの出来る諦念が、この短いひとときすべてのものの中にひそかに住む……

あまりにも烈しく、あまりにも大きく深い情念が、まるで駄々っ子のような生真面目さと情熱とをもってわれわれの中にぶちこまれる。アレグロノントロッポは荒々しく暴れ廻る。それはつい今までの祈りを忘れたかのように、むしろそれに反逆するかのように烈しい。だがこれも又祈りに他ならないのではなかろうか。これは行為への祈りなのだ。ベートーヴェンは諦念の中で何もせずにじっとはしていられない。彼はあきらめを知りつつも、人間の出来る限りのことをしたいと欲する。そうして彼はぶちまけるのだ。彼の敵にむかって、沈黙にむかって。彼が人間であることを。彼のその誇りを、怒りを、喜びを、言葉にならず、音楽にさえならぬあらゆる情念をぶちまけるのだ。

第一楽章のアレグロアッサイの最初の主題は、如何なる非人間的な沈黙をも威嚇するに足る恐しさをもっている。人間の意志の強さ、恐しさ、ふてぶてしさを私はこの短いフレーズの中にたしかめることが出来る。そして私自身、人間自身までもその強さに圧倒されてしまう。私は沈黙してしまう。それは言葉にすることの出来るにしてはあまりに強く大きい。私はただ太陽に身をさらすように、その烈しさに身をさらす。そうするだけで、ひとつの大きな力が私を貫き、考えることもなく、思うこともなく、ただ馬鹿のように涙を流しているだけで、私は強くなっている。

やさしい歌

ベートーヴェンの即興演奏はすばらしいものだったと伝えられている。ピアノのためのヴァリエーションという名前で出版されている彼の多くの曲が、彼のその即興の面影を今にとどめているのではないだろうか。小学生時代に、私も少々ピアノを習わせられたことがある。その時、まだたしかバイエルあたりをやっている頃に、〈オペラ・ラ・モリナラ中の二重唱の主題による六つのヴァリエーション〉を宿題にもらったのを憶えている。先日久しぶりに古いシャーマアの楽譜をひっぱり出して、ぽつりぽつり叩いていたらその頃の思い出が、別に具体的なことは何も思い出さないのだが、ありありとよみがえったのにわれながら驚いてしまった。音楽は不思議な力をもっているものだ。それはわれわれの記憶の中に長い間深く眠っているのだが、ふとひき出されることがあると、まるで長年沈んでいた船のように沢山の記憶の貝がらをくっつけて出てくる。私は小さな小学生にもどってしまう。そして漠然としたかつての幼いかなしみや喜びの中に身をひたす。それらは限りなくやさしく、そしてかなしい。かつては遊びたいのを我慢して何の感動もなく練習していたその曲は、今は時の重さのためにその深い表情をあらわにしている。プルウストにとってのマドレーヌ菓子のように、それは私にとって果もなくなつかしい不思議なものなのだ。

テーマはおそらく問題ではないのだ。変奏するということ、限りなくひろがってゆきたいというその願いの中にこそ、ヴァリエーションの真の意味があるのではなかろうか。テーマはつまり何でもいい。ある存在の象徴のようなものなのだ。変奏はその存在のまわりを駈けめぐり、それに触れ、それを壊し、それを愛撫し、それに自らを捧げることによって、それを証し、そうすることで世界を証しする。短調の変奏（ミノーレ）はいつもあらゆるものの中にある死の予感のように、或はすべての存在のものつかなしみのためのひとつの儀式的な歌のように、自らを義務づけている。

〈あるスイスの歌の主題による六つのやさしいヴァリエーション〉も私の好きなもののひとつだ。そこでは変奏は時にふなべりをたたくさざ波のように、また時には花の木に群れる蜂たちのように、そしてまた時に若者の乙女に捧げる愛の言葉のように、やさしく限りもなくひろがってゆく……

よろこびの歌

どんなLP時代になろうと、テープ時代になろうと、私はあのワインガルトナー指揮の〈第五〉のレコードだけは手放すまい。ワインガルトナーの指揮は必ずしもよいとは云えない。だが私にとってはそのすりきれたレコードは一生の記念になるだろう。スクラッチの位置までいちいち記憶してしまう位よく聞いた。古い手廻の蓄音器を、かびくさい書斎にもちこんで、私は何時間でもひとりでベートーヴェンを聞いたものだった。〈第五〉〈エロイカ〉〈パストラール〉〈第一〉〈アパショナータ〉〈第八〉〈第九〉などという順序で、私はベートーヴェンに入って行った。曲の全体的な理解というものを問題とせずに、私は好きな旋律などのあった部分を徹底的に聞くというような聞き方をした。SP盤はその点大変重宝だった。例えば〈第九〉にしても私は先ず、バリトンの最初のレシタティヴから入っていった。その次には第二楽章の特にあのティムパニの烈しくしかも爽快な響きと、第二主題のおおらかな振幅とに魅せられた。第三楽章のすばらしさに気づいたのはその後であった。しかも最初は始めの主題のあまりの深さにひきずりこまれて、楽章全体を聞く余裕がなかった程だった。そして第一楽章の複雑さを少しずつ理解し、更に終楽章のよろこびの歌を本当に自分のよろこびのように感じるようになったのはまたもっと後だった。

すぐれた古典が音楽に限らずすべてそうであるように、ベートーヴェンの音楽も聞く者の生長につれていつまでもその意味を新しくする。私にはベートーヴェンがすっかり解ってしまってもう要らないということがない。私は時に彼に飽きもし、また彼の芸術的な態度に疑問をもったりもする。しかし聞きかえすたびにベートーヴェンは私にとって新しい意味をもつ。そうして私はいつもなつかしい故郷のように、ベートーヴェンへと帰ってくるのだ。ベートーヴェンから私は、シューベルト、グリーク、ドヴォルザーク、ショパン、モーツァルト、バッハ、バルトーク、メシアンなどとやや無秩序に音楽の世界を遍歴してきている。しかしどんな時にも私の心の奥底にはベートーヴェンがいるのだ。そして私の本当に苦しい時に、私はベートーヴェンを求める。バッハもモーツァルトも私を楽しませ、私を正し、私に世界の秩序を教えてくれる。だがそれはあくまで音楽として、音楽の中でなのだ。

ベートーヴェンは少し違う。私は彼をまるで今生きている人間のように身近に感じる。肉感的と云ってもいい程のなまなましさをもって。彼はたしかにどこかしら音楽を超えたようなところがあるのだ。彼には自分を芸術家としてとどめておくことの出来ない何ものかがあるような気がする。それがどんなものかは私にもまだ解らない。だがその何ものかのために、私はベートーヴェンと人間的に、実に素朴に人間的にむすびつけるように思うのだ。LPになってからは同時代の音楽か、でなければひどく昔のものにひかれて、ベートーヴェンをあまり買わない。だがそれで安心していられるのだ。私はベートーヴェンとは音楽以外のところでもつき合っているような気までするのだ。「私は危く自分の命を絶とうとした。——私を引止めたのは、芸術だった」と書きつけた程、芸術にすべてを賭けていたからこそ、彼は芸術を超えることが出来たのだろうか。

ほめ歌

素直に素朴に、殆ど放心しているような無邪気さで、ベートーヴェンの最後の歌は歌われる。この作品百二十五の終りのアレグロの主題は、奇妙な標語で註釈者を悩ませるらしいが、私にはそれは最も単純な牧歌のようなほめ歌としか聞こえない。この歌にはもはや最後的な深く明るい肯定だけがあるのだ。このアレグロの主題には民謡のもっているのと同じような土の匂いがある。〈第九〉の歓喜の主題は、やはりまだよろこびへの人間的な意志と執念とをもっていた。だが僅か四つの楽器でうたわれるこのほめ歌は、人間的な情念から自由になりかかったベートーヴェンの姿を私に描かせる。ここではベートーヴェンは彼自身から脱け出しかかっているようだ。長い苦しみの後のこの明るさを、私達は一体どんな言葉で呼べばいいのだろう。

「……私は、尚、二三の大作をこの世に残し、それがすんだら、年とった子供になり、どこかで善良な人々に取り巻かれて、地上の命を終えたいと希っている。」ヴェゲレルに宛てた晩年の手紙の中で、ベートーヴェンはこう書いている。子供になること、それはもしかするとベートーヴェンが一生の間夢みていたことではないであろうか。彼はあまりにも感じ易く、傷つき易かった。彼はある意味では、実際にやんちゃな子供のようなところがあった。しかし本当の子供のもっているあの一番の宝、やすらぎというものを彼はもてなかった。しばしの間は彼にも平和はあったかもしれない。だがすぐその後にはいつも苦しみとかなしみとが続いていただろう。それは客観的な環境によるよりも、彼自身の生まれながらに負うていた感受性によるものだと私は思う。

彼はおそらく必要以上に苦しみ悩む人間だった。しかし正にその点で彼は偉大だったのだ。彼は彼のあまりに大きな苦しみの補償をこの世に音楽以外に見出し得なかったのだ。ベートーヴェンは散歩を好んだという。その散歩も彼にとっては、ラプトゥス（夢中）の場にすぎなかった。あの美しい〈パストラール〉も、あれは本当の自然

ではない。あくまで人間的な、あまりに人間的な自然なのだ。彼は創造という、人間の傲慢な誇りに生涯を捧げた。彼は臨終の前に聖餐を受けたと伝えられている。彼が最後に本当に子供になれた時、それは彼の死の時ではなかったろうか。

詩人の春

「サイタサイタサクラガサイタ」という奇妙な言葉が、春になるといまだに私の記憶の中によみがえってくる。私にとっては、この言葉はどんな感情ももってはいない。なつかしいと思う気持もない。とりようによっては、詠歎のリズムのないこともないような一句だが、小学生たちはそんなことに頓着せず、ただ大声で呪文のようにその言葉をくり返した。おそらく毎年毎年日本中で何十万何百万の小学一年生がこの言葉をくり返したのだろう。そんな光景を想像していると、私には、春という季節が妙におそろしいものに思えてくる。「サイタサイタサクラガサイタ」と大声でくり返していた小学生たちは、やがて桜の花の記章をつけ、桜の花を歌った詩のようなものを頭にたたきこまれ、自分は桜の花のように美しく散るんだと思いこんで、熱帯の泥沼の中で餓死した。だが、桜の花は今年もあいかわらず「サイタサイタサクラガサイタ」だ。

「サイタサイタサクラガサイタ」この無表情な一句は、桜が美しいとも、桜がつまら

ないとも云っていない。ただ桜が咲いたと云っているだけだ。だが正にそれ故に、この一句は私にとって、春というものの最も不気味な表現のようにも思えるのだ。

「桜の樹の下には屍体が埋まつてゐる！

これは信じていいことなんだよ。何故つて、桜の花があんなにも見事に咲くなんて信じられないことじやないか。俺はあの美しさが信じられないので、この二三日不安だつた。しかしいま、やつとわかるときが来た。桜の樹の下には屍体が埋まつてゐる。これは信じていいことだ。」

梶井基次郎は、こんな文章で始まる「桜の樹の下には」という、ぞっとするような見事な作品を書いた。この詩人は、病気で若死したが、彼の眼はその病気のために余計鋭く澄んでいたように思える。

我々は皆、それぞれの春をもっているのだ。春という季節はひとつだけれども、北国の春の喜びは、東京の人間には解らない。都会の春は、埃っぽい動物園や、殺人的に混雑した電車の中にある。そして人々の孤独な心の中に。お花見は本当に今でもお花見なのだろうか。それは生活の中の季節のリズムを支えるどころか、今では映画見物と区別さえつかないように思われる。都会では、本当の季節というものが、失われつつある。花屋で買ってきた菜の花の切花をみつめていると、いつか自分の中の死んでいる季節に気づく。花の色でよりも、デパートの売場に並んでいるスェーターの色で、私は春を知る。その春には、死もない代りに、生もない。季節とは、本当はもっともっとおそろしくてやさしいものである筈なのに。

四月はひどく残酷な月　死んだ土地から
ライラックを萌え出させ　記憶と欲望とを練り合わせ
春の雨で
怠けている根をゆり起こす

T・S・エリオットの「荒地」の初めのこの詩句も、今では大変有名になっている。だが、春という季節のその残酷さに、誰が本当に気づいているだろう。

私の今住んでいる家の便所の前に、一本の若い山桜がある。私は桜の花をそれ程好きではないのだが、この山桜は、白い花と若葉とがいかにも可愛らしく豊かにさわやかだ。数日前、丁度満開の日に、遊びに来ていた友人が、その下で一寸咳(せ)きこんだと思ったら、足元の地面に、そこだけひどく不調和な赤い斑点が散った。彼はそういうことには馴れているので、別にあわてもせず、少々ゆううつ気な顔で帰って行ったのだが、その時、私の中の春が始めて生きて動いたように私は感じた。

散歩

夕暮の街はにぎやかだった。男たちはまだ仕事をしていたが、彼等はもうそろそろ腹を空かし始めている。女たちは晩飯の仕度に忙しいので、自分たちの男のことを思い出す暇がない。だが若い連中はまた別だ。三階建のアパートの窓のひとつに、今、灯がついた。薄茶色のカーディガンをひっかけて、彼女は何やら刻みものを始める。彼女はまだ若い、三月前に結婚したばかりだ。だから彼女の顔は、まだ倦怠から無垢だ。

幾棟も幾棟もアパートは並んでいる。それらの窓のひとつひとつに、私は女の顔を見る。男たちは皆、彼女等をたよりにしている。彼女等のエプロンを、匂いのする髪を、暖い胸をたよりにして、男たちは働いている。そうして沢山のアパートの窓のひとつひとつに、女たちは待っている、男を。彼女等のやさしさと暖かさと、意地悪さと頼りなさのすべてをあげて、女たちは待っている。

小さな路地の間を、子供たちは走り廻って遊んでいる。小さな女の子が、自分と同じ位の仔猫を不器用に抱いて、覚束（おぼつか）なげにやってくる。いたずら小僧が問いかける。
「その猫どうしてひもくっつけないんだい。」仔猫も女の子も心細げに黙っている。
「一寸貸してみな。尻尾にアキカンぶらさげんだから。」女の子は自分の親友を必死にかばう。うまい工合に丁度その時、豆腐屋さんが、呑気な笛を鳴らしてやってくる。いたずら小僧は、「よう、小父さん、その笛吹かしてくれよう。」と叫びながら、そのあとについて行ってしまう。

その辺りは焼け残った一画だった。せまい路地がくねくねと続いていて、さんまを焼く匂いなどにつられてそれをたどってゆくと、いつの間にか、行き止まりになっていたりする。腰のまがったおじいさんが、夕闇に白いステテコ姿で、じっとこちらの方をうかがっていたりする。そんな時、どこか遠くの方で、生き残りのツクツク法師が、かすかに鳴き続けている。

新しい家がある。蝶々のような形のテレヴィアンテナが立っている。芝生の美しい庭に、三輪車と如露（じょうろ）が出し放しになっている。二階の書斎からは、網戸ごしにほのかな光がもれている。

古い家がある。鉢植えの草花がいくつか、二階の手すりに出ている。古びた籐椅子がひとつ硝子戸のむこうに見える。ラジオから、誰やらのアンプロンプテュが聞こえてくる。中学生が一人、生真面目に歩いてきて、くぐり戸を開ける。

ある家には、知人と同じ名の標札がかかっている。〈これが、あの人の家なのかな。名刺にはこのあたりの住所だったろうか〉私はふと立ち止まって、ひそかにその家の様子などうかがったりする。と突然台所から、若い女が顔を出して、ごみを捨てる。〈奥さんかな〉そのひとはちらとこちらをふり向いて、またすぐ戸を閉めてしまう。夕もやが少しづつ濃くなってくる。

小さな路を、あてずっぽうに歩いていると、突然またにぎやかな表通りに出てしまう。自動車の排気ガスの匂いが立ちこめている。明るい本屋の店先で、子供等が漫画の立ち読みをしている。バスの停留所に、私はふと大層美しいひとを見つける。初秋のために、そのひとは地味なえんじ色のスーツを着ている。そのひと自身が紅葉したかのようだ。白いハイヒールをはいた形のいい脚をやや開いて、佇んでいる。私は新鮮な夢をのぞきこんだような気持になる。その時、色とりどりの灯をつけた下町行きのバスが着く。私はまた、ふとその下町あたりのネオンサインのあふれた色や、喫茶店の薄暗い雰囲気やを思い出す。だが、すぐに私はそれから覚める。バスに乗って行ってしまった美しいひとも、あの下町の華やかな気分も、私の夢にすぎないのだ。私は夢見がちな自分の心を、一瞬いとおしむ。生活の現実はいつも私の中に重苦しくよどんでいて、私は自分がもうその外にどんな夢だって、本気では見る気になれないのを自分で知っていながらも、まだ時折冒険への欲望に一瞬身をこがすのがおかしくもあり、悲しくもある。芸術だけを唯一の夢見場所にする以外に、これと云って思いきった生き方も出来ない自分を腑甲斐(ふがい)ないとも、男らしくないとも思うこともあるのだが、また、まだこれだけで一生棒にふりはしないぞという意地も多分に残っているものらしい。

頭の上の方は、まだらに曇っているのだが、西の方は雲もうすく、ところどころ、あせた青空や、黄色く輝いた層雲などが縞になっている。私はどんな眼で、それを眺めているのか。自分でもよくは解らない。女たち、子供たち、老人、男たち……私は今はただ、自分がその男たちの一人であり、私もまた誰とでも同じように、餓え、疲れ、渇き、しかもなお希望のようなものをもっているのを知る。私もまた女を求めている。そして、男として、それ以上の夢を。そうして今私にとっての夢とは夢でないろいろなことを、こうして手帖に書きとめることに他ならない。その馬鹿馬鹿しさも私は知っているつもりだ。だが、私に出来ることは、それだけなのだ。

私は自分が神をもっていないことを思う。その不幸せを思う。夕焼は私にとって何の意味があったか。私はただ束の間の美しさに見とれ、一瞬それにはげまされたにすぎない。私はそこに誰も見はしなかった。誰かがいる筈なのに。誰かが、どこかにいる筈なのに。夕闇がますます濃くなってくる。犬たちはもはや不安げに吠え始める。街頭テレヴィの前にも、二三人の人影がある。だがまだ夜の娯楽は始まっていない。夕闇の中に、テストパターンがちらちらと揺れながら輝いている。「あたしだって好きよ。だってそれでいいじゃない。」私を追い越してゆく二人連れの話声がふと耳に入る。〈それでいいじゃない、それでいいじゃない。〉そう、これでいいと云わねばならぬ。今、生きるために。私は生活の雑多な匂いを嗅ぐ。そうしてもう一度、もうう すれてしまった夕焼を眺める。私はやさしい気持で、人々のことを思う。あのひとはもう下町へ着いただろうか。あのひとはどんな部屋で眠るのだろうか。さっきの仔猫と女の子は無事に家へ帰ったろうか。あの女の子は今夜はお風呂へ入るのだろうか。そのあとで子供はどんな夢を見るのだろうか。

山小屋だより

お元気ですか。追分の方を訪ねたいと思っていたのですが、天気が悪かったりして果せなかった。ひとりで生活していると、いろいろと忙しいものです。自分で飯をつくるのはやはり面倒くさいものですね。読んだり、書いたり、好きな遊びをしたりすることは、充実した生だが、料理したり、掃除したりすることは、生活であって、それは生よりも低い次元にあって生を支えるものだ、という風に考えたがる心理がやはりまだぼくの中にあります。フランク・ロイド・ライトの芸術村では、みんなが先ず生活すること――料理をつくり、薪をわり、大工仕事をすること――等々、を学ぶそうですが、そういう生活と生との一致、云いかえれば、生活を生き甲斐と感じることを回復したいとよく思います。何故じゃがいもを洗っているといらいらし、〈新潮〉を読んでいると満ち足りているのか？　これは好き嫌いの問題以上のもののように思われます。

ぼくたちは少々精神というものを敬いすぎているのではありませんか？　ぼくたち

の肉体は精神で一杯です。本当はそれは、血と内臓と骨と肉と、要するに生きている生命で一杯な筈なのに。生きるという言葉は昔、魚を捕るという言葉と同義語だった。だが今、人は「私は何も食べなくたって生きてゆけるのだが、このオードヴルは、一寸私の味覚を楽しませそうだから食べてみるのだ。」というような顔で食べる。真の食慾は失われているのです。そしてたまに真の食慾をもつ労働者などを見ると、人はいかにも品の悪いものを見たような顔をする。それをうらやましがらなければいけないのに。

ありあまる自然の中にいると、だんだん精神というものがつまらなくなります。しかしそれでもなお、ぼくは散歩する時、本当に何も考えずに歩くことは出来ません。速い雲の動きに輝きまたかげる光の中を歩き、花の匂いや風のそよぎにふと立ち止まること、生はそれでも十分な筈です。しかしそういう歩き方はまだぼくに無為の後めたさを残します。こんな所にひとりでいると、結局それが、ぼくの人間であることの最後の証拠のように思えても来ます。

さびしいと感じる時、ぼくは孤独ではありません。ぼくはその時他の存在を予感し、さびしいと感じることでかえってそれらとむすばれているのです。でも時折、何も感じないことがあります。自分自身さえ、忘れることが。そんな時にこそぼくは孤独なのかもしれません。そしてそんな時こそ、ぼくは本当に生き始めているのではないだろうか？　この云い方は逆説的にきこえるかもしれません。こう云うことで、ぼくは人間であることをやめようとしているかのようにみえるかもしれません。しかしそれはむしろ反対なのです。人とのむすびつきは、恋愛であれ、その他のものであれ、本当は先ず自分に気づかずにいることから始まらねばならないのではありませんか？もしそうなら、ぼくは先ずコスモスの中で無為にすごすことを学ばねばならないように思います。そのようにして、ぼくはコスミックな生命の流れの中に自らを滅すことをおぼえねばならぬようです。

ここでは幸福にも、生活することによってそういうコスミックな生命に触れていることが出来ます。都会では、生活は最も人間的なものです。だがここでひとりで生活することは、むしろ非人間的な営みです。そうしてもしもぼくに孤独があるのだとすれば、それは妙な云い方ですが、人間的な孤独ではなくして、非人間的な孤独なのです。孤独とはもともと、人間的なものでしかない筈です。詭弁のようですが、非人間的な孤独というものも、結局はすぐれて人間的なものなのです。ただそれが人間的な孤独とどこで違ってくるのか？　人間的な孤独は常に人間の社会の中にあるものです。それは人を求めているものです。しかし非人間的な孤独は社会の中にありません。かと云ってそれは本当はコスモスの中にもない。それはコスモスと人間社会との間にあるものなのです。虎や樹や太陽はコスモスの中にあって意識することなく、深くコスモスにむすばれています。むしろ彼等自身がコスモスそのものなのです。だが人間はそういうコスモスとの深いむすびつきを失いつつあるのではないでしょうか。かと云って、人間はお互い同志の愛さえ信じ難くなっています。そうして彼は社会からも、コスモスからも孤立してしまうことになります。詩人は最も鋭くこういう孤独を感ずるものの一人ではないでしょうか。彼は言葉を自らの生命とすることで、コスモスからも、社会からも孤立し勝ちではないでしょうか。しかしこれは同時にまた、詩人のもつ全く反対の可能性、コスモスにも、社会にも、言葉あるが故にむすびつける可能性をも予感させるのですが。

生活と生とが、区別しなければならぬ程、かけ離れたものになってしまったこと、それが大変に大きな不幸のように思えて仕方がありません。それは云いかえれば、人間的なものと、非人間的なものとの過度の離反です。云うまでもなく、人間は常に非人間的なものと戦わねばならぬ存在です。しかし人間はあまりに勝つことに急で、非人間的なものの中に自らが棲んでいるということを忘れそうです。何日も掃除しない部屋で、おじやばかりを食べながら、プルウストを耽読する友人はここではみじめに見えるのです。そういう生活は頽廃的なみにくさをもっています。自然の中で、人間はもっと謙虚にならなければいけない筈です。

今朝、薪木（たきぎ）をきりに出かけて、ふと自分の腕を見たら、真黒に陽灼けしていました。こんなことにもぼくはあふれるような喜びを感じてしまいます。日傭（ひやとい）労務者からみれば、とんでもないぜいたくな話でしょう。しかし詩人には詩人としての役割があります。それにはっきり気づいていることこそ大切なのではないでしょうか。どんな無為の中にいても、詩人は言葉に呪われていて、本当に怠けるということが出来ないものです。牧場の陽だまりで一日中昼寝をしている時にも、ぼくらは牛にはなれやしない。それが苦しみであり、それ以上にそれを喜びとしなければならぬのではありませんか？　とりとめもないおしゃべりをしてしまいました。又お目にかかれる日まで、元気で。

谷川俊太郎に会う

谷川俊太郎に会うのはこれが初めてのことではない。それも別に自己表現の新しい方法に苦慮した挙句に、彼と組んで自己をはさみ打ちにしてしまい、おでこをごつんこするというような深刻なものでは未だない。せいぜい若気の至りグレアム・グリーンの『内なる私』程度に会うのである。だから喫茶店で誰かと差向かいになって〈僕はあなたを愛しています〉などとやっている最中に急に彼が隣の椅子に座っているのに気づいてもそんなにひどくは驚かない。彼が嫌な眼付きでこっちを見て、〈俺はここにいるんだ、お前のなんてお芝居だぞ〉などと云いたげでも彼の面前で無理矢理キスでもしちまえば、彼はこそこそと帰ってしまうに決まっている。(その代りツケはこっちに廻ってくるのだが)たまにはそんなけちな会い方でなくもっと礼儀正しく正面切って会ってみたいとかねがね思っていた。今日は天気もいいし、彼が夜会った時や曇の日に会った時のように、妙に不健康に僕にからんだりすることもないだろうから丁度いい。田端の駅に近い彼のアパートの扉をたたく。相変らず不精ひげをのばし、眩しそうな目をして出てくる。
彼「何だい朝っぱらから、こんな天気のいい日に俺に用も無（ね）えだろう」
僕「だから、来たのさ。たまには用の無い時に会って、お互い損得なしに話をするのもいいと思って」
彼「一体どんな話するってのさ」
僕「今日は会見記とりに来たんだ」
彼「あきれた、いまさら他人てわけでもねえのに。大体俺とお前はそんなに人前で話せるような仲じゃねえんだぜ」
僕「だからそこをさ、今日はすこし行儀よく一寸親友同志みたいにさ、僕が専（もっぱ）ら聞き役に廻るから」
彼はしぶしぶ承知する。
僕「どうも僕はこうあらたまって話を始めると、とことんの始まりから切り出したくなるんだ。で、悪いけど先ず名前と住所から」
彼「冗談じゃない、そんな難問到底答えられやしねえよ」
僕「難問だって？　こんな簡単なことが？」
彼「そこそこそれがお前の悪いとこだ。お前は好きかどうかも解らねえうちにキスするくちだからな。そりゃ一応俺の名前は谷川俊太郎さ。だがこんなのは便宜上だあね。俺は誰だってかまわねえんだ。誰だってどころか俺は人間じゃなくたってかまわねえんだ。ホモ・サピエンスじゃなくたっていいのさ」

僕「でも君がいくら自分を名づけたがらなくても、自分が生きて今此所にいるというのはたしかでしょう。君は自分の名前にくよくよする前に人間の中で行動すれば、そうすることによって抽象的な言葉なんかによってではなく自分を名づけることが出来るんじゃない？」

彼「そりゃそうかもしれないさ。しかし俺には自分の今いる所さえ解ってないんだぜ。成程お前に云わせりゃ俺は北区田端町に住んでるって云うだろうよ。政治家はお前は日本国にいるって云うだろうし、人類学者はアジア州にいるって云う、天文学者は太陽系第三惑星だなんてほざくかもしれねえ、だが俺に云わせりゃ俺には解らねえ、俺は只奇怪な時間と空間とを感ずる」

僕「やだなあ、今はまだ夜じゃないんだよ、君には窓から見えるこの街や家々や人たちが目に入んないのかい。君は宇宙のためになんか生きられやしないんだよ。君はこの星の上で生まれそして死ぬんだぜ。僕の言葉で頼りないんならエリオット氏だって云ってるよ。〈……併し人間が宇宙と一体になるのは、他に何もないからなので、ギリシャの都市国家では繁多（はんた）な生活に積極的に参加出来る人々は、宇宙よりも一体になるのにもっといいものを持っていた訳であり……〉』

彼「それは俺も知ってる。

夜にはみんな黙っていなければならない
星たちに問いかけてはならない
あれらは冷い笑いさえもっていない

なんて書いたのはお前のように見えるけど実は俺なんだぜ。俺だってその位知っている。だが知ってたってどうにもなんねえんだよ。俺が人々の中の己れを知りたいと同時に宇宙の中の己れを知りたいてのはこりゃあひとつの情念なんだもの。いや情念どころじゃねえ、もしかすると情慾かもしれねえ。俺が生きたいと思うのと同じことよ。俺は自分が死に阻まれるのがどうしても解（げ）せねえんだよ結局」

僕「そうか、じゃあ生きたいんだね、やっぱり。その点じゃあ一致してらあ。で、今どうなのさ、幸福かい？」

彼「そんなこと知ったことか、でも生きてるから幸福なのかもしれねえ」

僕「とまれ喜びが今日に住む
若い陽の心のままに

などと書けるところを見るとね」

彼「いやそうじゃねえ。その喜びは俺の昼間の話だ。俺はどうしても

昼には青空が嘘をつく

夜がほんとうのことを呟く間私たちは眠っている

と書かずにいられなくなる。そうなんだ、俺ん中じゃあいつでも昼と夜とがいがみ合ってんだ。昼、俺はこの星を大地と感じ、人々のために生きることも出来る。しかし夜、俺は

世界は不在の中のひとつの小さな星ではないか

と疑い始める。俺はそうして又昼の勇気をなくしちまうんだ」

僕「君は夜眠れるかい」

彼「ああよく眠る。何故?」

僕「ふん、それは大変いいことだ。夜には眠らなければいけないね、人間てのは。そして昼間は働かなければいけないんだ」

彼「それが正しいと俺も思う。ただ俺はまだ夜を知りたいという欲望をあきらめき

れずにいるんだ。それは好奇心なんてもんじゃねえ、俺はモラルを欲望してんだ。それが無きゃあ俺はどう生きればいいか解らねえ、だから俺が生きたいということと同じだ」

僕「ただ僕は行動しなければどんなモラルだって見つかりっこないと思ってる。だがいいんだ。君の問題を解決しようというのが思いあがりかもしれない、君は刻々に君の問題を生きてしまってるんだし、そうすることで解決しているんだもの。君が書けばもうそれは昼の行為だもの。君はその時もう宇宙とよりも人々と結ばれてしまうんだもの。

だが時折私も世界に叶う
風に陽差に四季のめぐりに
私は身をゆだねる——

——私は世界になる
そして愛のために歌を失う
だが　私は悔いない

と君は云う。君が世界って云う時、君はやっぱり知らず知らずに人々をもその言葉の中に入れているんだ。愛のために歌を失うって君は云う、だけど本当は君は歌を失っていないんだ。君は歌を失うっていう風に歌うんだもの。そして君の詩を読む人はみんなそれを聞くんだもの」

彼「それは俺にとっちゃあ一種の脅迫でもあるな。

　世界が私を愛してくれるので
　私はいつまでも孤りでいられる

と書いた時、俺は人をさえ自然と同じように見ていた。見ていたというより見たい見たいと望んでいたんだ。俺は人の世界に入るのがこわかったんだ。俺は世界を愛するし、世界に愛されていると信ずる。だが俺は人を愛するのはこわいんだ。そして本当は愛されるのも」

僕「君はとても強いか、とても子供なのかどっちかなんだねえ。君にはまだ人は要らないのかしら。人を愛するのがこわいなんて虚勢かでなけりゃあうらやましい贅沢だよ」

彼「俺にも俺の孤独てなもんがどんなもんか解っちゃいねえんだ。だが少くとも俺の〈二十億光年の孤独〉は少年の孤独なんだ。あれは人を求めない孤独なんだ……」

さて、僕はそろそろ溜息が出だす。この会見記はきりがない。僕は自分の聴き手としての才能に絶望する。僕が彼から拾い出した話題は読者の興味を少しでもひくだろうか。結局僕は予定した質問をひとつしかせず、それに満足な答さえ得られなかった。僕等は余りに個人的なことばかりを喋っていたように思う。だが読者がもしこれをある感受性のとりとめのない一瞥という風に思って下されば幸せだ。僕と彼と二人がかりで私というものをどの程度につかまえたか、又正しくつかまえたかというようなことは私には解らない。アパートの小さな机でこれを書いて、私にとって何か得ることがあったか、それも別に無い。只日本語に一人称が沢山あるのは余り良いことではないと気づいた位のものだ。僕と彼とを使いわけ、その上彼の中の昼と夜とをみつめ、その後でこのように私などと書いていると、やはり病いなのだという気がする。四行程前で僕という言葉と私という言葉をすりかえていた時、丁度陽が沈み終えるところだった。雲の縁が金色に輝き、太陽は正しく堂々とあたり前に沈んで行った。私は後めたく感じた。今はもうすっかり暮れた。これから親子丼でも食いに行こう。口の中に唾がわく。これだけは私も僕も彼も信じていいようだ。これは私の唾、私の食欲、そして決して分け得ないもの、むしろ私を烈しくひとつにするあるものなのだ。

私の部屋

雀たちがさえずっている。隣の家ではピアノのレッスンが始まっている。豆腐屋のラッパの音、子供たちの叫び声——今日もまた一日が始まる。目覚めのその一瞬に、私の頭はもう仕事のことを考えている。

生活というこの現実が、日一日と私ののどもとを締めあげる。しかも私に残されている途はただひとつ、生活しつづけてゆくことしかないのだ。私の上に課せられているこの人間的責任、それは私をおそれさせ、かつ私を退屈させる。私はまだ十分にそれに馴れていない。だが間もなく、私は馴れるだろう。馴れねばいけないことを私は知っているからだ。私は私の義務を自覚する。一人の人間として生きてゆくために、私は詩を書き続けねばならぬ。何故ならそれを仕事として私は選んだのだから。人々の仕事が私を生かしてくれるのと同じように、私の詩も人々を生かさねばならぬ。私も妻を養い、子を育てねばならぬ。人々と共に、そうして生きてゆかねばならぬ。そのような単純な観念に支えられて私は生き、仕事をしている。そして、時折思う。私は死んでもいいのだ、と。かつては夢が、未来の享楽についての過大な想像が、そういう私を引きとめた。今ではささやかな愛が、ひとりの女への、そしてまたひそやかな街並への小さな愛が、私を引きとめる。

私は今、小さな板の間の隅の机で仕事をしている。この私の部屋にはいろいろなものがある。先ず天井には、二台の模型飛行機がぶら下っている。頭ばかりつかう商売だと、たまにこういう手先の仕事が息ぬきとしてひどく必要になることがある。だが私は無器用なので、出来栄えはあまりかんばしくない。一機は一寸珍しい先尾翼型の羽ばたき機、一機はA級のライトプレーンである。これは飛行姿勢が大変美しい。小学校三年の頃、生まれて始めてつくった詩が、自作の模型飛行機の詩であった。自分のつくったものが、青空にむかって飛び去る時のあの快感には、たしかに何か詩的なものがある。

部屋へ入る入口の扉には、玩具のコルト・フロンティアーモデルのピストルがぶらさがっている。これは私の西部劇コンプレックスの象徴である。勿論私は映画や小説でしか知らないのだが、アメリカ合衆国の西部のあの風土、そしてその中で生きてきた男たちの姿に、私は人生の最も根源的な劇を感ずる。砂漠に井戸を掘り、木を伐り出してきて、丸太小屋を建てる。そうしてライフル一挺を頼りにあらゆる敵から自分の家族を守る。あるいは又、数千頭の牛を駆って砂漠をよぎり、雪の山を越え、町では狂暴に酔い、女を抱く。そしてまたある男たちは、まだ女も知らない若さで射たれて死ぬ。彼等の死体は無造作に埋められ、その上にはただ青い空と風とがある。その様な生と戦いと死とは、私には殆ど人生の象徴のように感じられる。私は彼等の男らしさに憧れているのである。自分がいかなる仕事をしようと、私は人間の運命の単純さというものに常に気づいていたい。そしてまたそれ故に、男というものの単純さをも、私はどんな時にも失いたくない。ビリイ・ザ・キッドは、私にとって、少々抽象的に青年の象徴であるが、全く無名の開拓者たちは、もっと具体的に私にとって人間の生き方の理想に近い。

さて、仕事場の一方の壁にそって、私の一連の機械類が並んでいる。これらはなかば商売道具であり、なかば私の玩具である。一番右の端はラジオ、だが普通のラジオではない。米国ナショナル製、モデルNC 98という通信型の受信器である。灰色のなかなか美しいデザインで、性能もまあ私にとっては十分である。夜、仕事の合間などに、いろいろな国からの電波をさがすのは楽しい。時差の関係でロンドンあたりは朝なのである。コールサインを聞きながら、ふとその古い街並をおおっている霧や、その中にぼうっとかすんで立っている警官の姿などを想像したりする。だが、私は外国へはさして行きたいとは思わない。むしろ私はまだ外国へ行くのがこわいのだと云った方がいいかもしれない。私の生活はまだたしかな形をとっていない。その日その日の仕事と雑用に追われるのみで、生活というものの本当のたしかな流れが出来ていない。まだそれでいいと私は思う。だが、いつまでもそれでいてはならない。生活とはひとつの人間的な秩序なのだ。その秩序の中に自らをあずけてこそ、人間は六十年もの長い歳月をたとえ倦怠しながらでも生きてゆけるのに違いない。私も早くそういう秩序によって自らをしばりたい。現代では詩人の仕事というものも、特にそれを必要とするのである。その意味で、東京での生活は、私にとって魅力があればあるだけ有害なものになるおそれがある。汚い道路、無秩序な家並、過剰な人間、スモッグでけむった青空などを、余りにしばしば見すぎていると、詩人の心もしらずしらずのうちに、世界の調和そのものまで疑い出しかねない。そしてジャーナリズムの世界の性急さは、詩人が少しでも油断すれば、彼の生活を大変な混乱に導いてしまう。日本という国自体が今は不たしかな形をしているのだ。だから私も自分が、一人のたしかな日本人であるという自信がもてない。そんな状態で、外国へ行くのは、やはり自分をひどく傷つけてしまいそうで、おそろしい。

ラジオの隣は、簡単なレコードプレアー。これはデザインが好きで、安物を買った。

インダストリアル・デザイニングという仕事に、今も私は色気を残している。形と機能というものの溶け合った美しさ、そのたしかさに私は羨望を禁じ得ない。詩というような、形も機能もおよそさだかでない仕事をしているせいであろう。だが、近頃は、私も私なりに、詩の形や機能を信ずるようになってきた。おそらく数年前の私は、〈誰のために詩を書くか?〉という問に、内心少々うしろめたく感じながら、〈自分のために書く。〉と答えていただろう。今の私は違う。〈人々のために書くことで、自分のために書き、自分のために書くことで、人々のために書く。〉私は自信をもってそう答える。この答え方は抽象的だ。しかし私はひとつの肉体的な実感として、そう答えるのである。私は、たった今、私の他の人々に対して人間的責任を負っている。私はそれを果たしてゆかねばならぬ。そのために私はこうして書く。書くことが、私にわかたれた責任なのだ。或る人々にとっては旋盤を廻すことが、また或る人々にとっては、ピアノを弾くことが人間的責任であるのと同じように。

私は、長谷川町子作「サザエさん」の愛読者である。サザエさんの他愛もない失敗に大笑いをしながら、時折私は妙な想像をすることがある。それは、毎朝、この新聞をひろげる日本中の何十万かの人々が、皆おなじように笑っているだろうという想像だ。笑うにはあまりに不幸な人もいるかもしれない。またサザエさんなんて馬鹿々々しいと思う人もいるかもしれない。しかしそうでない多くの人々は、おそらく殆んど同じひとつの気持で笑っているのだ。この想像は妙に私を感動させる。その同じひとつの笑いによって、人々はむすばれるのだ。それは真に人間的な笑いなのである。そうして人々をたとえ束の間でも笑わせることによって、「サザエさん」はひとつの立派な人間的責任を果たしているのだと私は思う。その笑いによって、人々は自分の生きていることをたしかめ、また、自分が同じ人間の一人であることをたしかめることが出来るのだから。

詩の機能も結局はそれと同じことだと、今の私は考えている。ただ詩は、人を笑わせるだけでは足りない。もっと広く、もっと深い感動によって、人々を生かし、むすばねばならない。そのためには、詩の形はどんなに変ってもいいと私は思っている。私は普通の活字になるような短い詩も書くし、また、歌のための作詞もする。放送劇も書くし、こういうエッセイも書く。しかし私の真に目指すものは、たとえそれがどのような形で現われるにしろ、詩というものなのである。その詩とはどういうものかと問われても、私にははっきり説明は出来ない。具体的な仕事の中で、それを求め続けることが出来るだけだ。

プレアーの隣に置いてあるテープレコーダーは、そういう私のいろいろな仕事の上での必要品である。放送劇の台詞(せりふ)のリズムを自分で吹きこんで修正したり、自作の歌を友だちに聞かせて意見を聞いたり、好きな音楽を録音したりする。

本棚の上には、埴輪(はにわ)の頭がある。これは父からもらった。この眼をのぞきこむと、どんな不幸もおそろしくなくなるような闇がある。それは私たちの棲んでいるこの宇宙の、時間と空間の闇なのだ。だがまた、その横の壁には、〈ファミリイ・オヴ・マン〉写真展からの、一枚の若い母親と赤ん坊の写真がかかっている。大きな寝台の上に赤ん坊が素裸で寝ている。まだ若い母親がそのかたわらにうずくまって、二人はみつめあっている。寝台の隅には猫も一緒だ。人間の生活というもの、そしてその中の生命の流れのやさしさと不思議さが、この写真を見る度に私の心に沁みこむ。何故であるかは知らない。また、何のためにかも知らない。だが、私たちはこうして生き続けてゆくのだ。そのような唐突な感動に、私は力づけられる。

私はかたわらの柱にかかっている革の上着をとりあげる。古着屋で八百円で買った自慢の掘出物だ。それをひっかけて、これから私は出かける。F誌で数人の同世代の人たちと座談会があるのだ。一人の人間として生きてゆくこと、私はまだそれを始めたばかりだ。これからの道は長くて難しく、退屈だろう。だが私はそれに打ち負かされてはいけないのだ。

あふれるもの

誰？　と訊ねるともう人は去ってしまう
何？　と訊ねるともの達はかたくなになる
私が問に気づかずにあふれた答ばかりの
中にいる時
私のまわりにすべてがある

*

自分自身の青春について語るのは難しい。まだ乾かない傷口のように、あるいはまた、つい昨夜見たばかりのひどく楽しかった夢のように、それは言葉でとらえることが出来るにしては、余りに生々しい。自身の青春を客観的に眺められる程、私はまだ青春の外へは出ていないのだ。初めて知ったことの驚きと喜びと不安とが私の胸に今も動悸を残している。

どんな言葉が青春にふさわしいのか？　観念的な言葉なら、いくらでも使えるのだ。しかし、青春一般ではない私の青春、このひとつの余りにも肉感的な生の季節、かけがえのない私の若さのひとときひとときは、成熟しかけた少女のように身軽にコケティッシュに、私の言葉の間をすりぬける。

私以外の人間にとっては、殆ど何の意味ももっていない記憶の断片が、とりとめもなく私の胸に浮かんでくる。自分がまだ若さの只中にあった時には、ただ夢中で通りすぎてしまったいろいろのことが、今になって私の中によみがえってくるのだ。そうして私はいささかの感傷と共に思う、ああ、あれが青春というものだったのかもしれないと。

＊

どうしても言葉にすることの出来ない体験というものが、誰にでもあるのではないか。その体験から受けた自分の感動が余りに大きくて、それをどう表現すればよいか解らない。そういう感動を受けることの出来る柔軟な心と体もまた、青春の中だけにあるものかもしれない。

——その時、私は一人で南軽井沢にある押立山（おしたてやま）という小さな山の頂上に立っていた。

たしか、秋も終りに近い季節だった。前夜泊った追分の宿では、こたつを入れたことを憶えている。空は晴れ渡っていた。殆ど一点の雲も無かった。私は廃墟となっている押立山ホテルの二階からまわりを眺めた。北側には浅間山とその麓（ふもと）の高原が広がっていた。遠く信越線の列車が白い煙を吐きながら走ってゆくのも見えた。他の側には、和美峰（わみみね）への山道、それに続いて私の名も知らぬ沢山の大小の山々が重なりあっていた。そしてそれらの間に、真白な雪におおわれた日本アルプスの峰々が望まれた。風が葉を落した雑木林を渡ってきて、朽ちかけたホテルの建物のそこここを鳴らしていた。

あくまでも青い空と、その下にひろがる山々や野や林にあふれる光と、廃墟と、そして風の音——それらの中で、突然私は自分でもどう扱っていいか解らぬような不思議な感動に襲われたのだ。それは悲しみではなかった。それはまた単純な喜びでもなく、おそれでもなく、そして感傷と呼んでしまうには余りに深いものに思われた、おそらくそれは単なる人間的感情を超えた、もっと広く、もっと巨（おお）きい宇宙的感情とでもいうべきものであったのかもしれない。

もしも私が何らかの宗教に帰依（きえ）している人間であったなら、その時私は神の前にひざまずいていたかもしれない。しかし私はひざまずく神をもたず、また自分のその大きな感動を解放するべきどんな手段ももたなかった。歌を歌うにしては、周囲の風景は余りに眩しく広すぎた。私には風の音の方が好もしかった。訳の解らぬことを怒鳴るのは、私の詩人としての自尊心が許さなかった。私はただ自分の内部に湧きおこったものの巨大さに呆然とたたずんでいるより他なかったのだ。〈生きるとは、何と巨きなことなのだろう〉私は心の中で呟いた。私がやっとのことで呟いたこの言葉も、私の想いの千分の一も表わすことの出来るものではなかった。

自分が一体何に感動しているのか、私にはそれすら、はっきり解らなかったのだ。ホテルの廃墟は、私にいろいろな想像をほしいままにさせた。私は少々メロドラマ的な人生模様を思い描いたりもした。押立山の山腹をおおっている雑木林の間を、崖崩れで寸断された昔のドライヴウエイが縫っていた。青空の色は美しかった。いや、美しいというよりもむしろ、神秘的でさえあった。山々は太陽の光の中にひっそりと横たわっていた。私の耳は風に鳴り、私の裸の腕は陽に灼かれて痛かった。

私はそれらのすべてに感動していた。そうして、しかもなお私は、それらのすべてを超えた何ものか、私にもそれということの出来ぬ何ものかに、より深く打たれていたのである。

私は数時間をぼんやりと山頂にすごし、やがてその日の上り列車に間に合うために、借りてきた自転車に乗って山を下った。その巨大な感動の記憶は、長い間私を悩ませた。私は自分の詩人としての名誉にかけても、その感動を何らかの形で表現したいと思った。それはすべて失敗に終り、やがて私はその感動が、ただ一時の感動というようなものではなく、何か私の生命の根源にかかわるもの、私の生の証しとでもいうべきものではないかと考えるようになった。私というひとつの生命と、それをとりまく世界との間のたちきり難いむすびつき、それを私は実感として信じるようになっていった。

そうして、その年の冬に、初めてレコードを手に入れ、飽きることなくくり返し聴いた、フォーレの〈レクイエム〉が私の内部で、その時の記憶と分ち難くむすびついてしまった。

父の死を直接の動機として作曲されたといわれる、このフォーレの〈レクイエム〉は、私の友人に、それを聞いて作曲家になろうと決心した男がいるくらい、不思議に人の心を魅する力をもった曲である。私にはそれは、その美しさの余りに、死者の魂を鎮(しず)めるどころか、かえってかき乱しはしまいかと思える程だ。

この曲が私の内部で、どんな風にその秋の昼の押立山の記憶とむすびついてきたのか、今はもう、はっきり思い出せない。だが、不思議なことに、今でもこの曲を聞くと、あの日の風景の明るさや風の音、枯れかかった草の匂いなどが私の中によみがえるのだ。おそらくこの曲が私の遂になし得なかったその日の感動の表現を、完全にとまではゆかぬとしても、私に代ってやってくれているかもしれない。だが、それ以上に共通した何ものか、再び私がそれと指すことの出来ぬといわねばならない巨きな何ものかが、その音楽から受ける感動と、その日の感動とをひとつに重ね合わせるのだ——。

私の内部にあふれたこの一種の宗教的感動、それに似たものは今でも時折私を襲う。しかし、あの秋の昼の感動の烈しさ、純粋さ、生々しさは、おそらく二度と私に帰ってこないだろう。本当にそれは、殆ど官能的といっていい程に生々しいものだった。自分の心と肉体の分ち難さを、その時程強く感じたことはなかった。自分の内部にあふれるものを、どうする術もなくただあふれるにまかせた、その豊かさはまぎれもなく青春のものだったのではないだろうか。その豊かさは生きているということの豊かさなのだ。どんな言葉をもってしても、そのすべてをとらえることは決して出来ぬあの若さというもののもつ喜びや哀しみ、そのあらゆる感動の豊かさなのだ。

＊

輝きは何を照らしてもよい

すべてが私を忘れてくれる
今に棲み
限りなく私が今を愛する時

いつまでも黙っている歌の中に
あまりにかすかな神の気配がして——
それから私がふと今に気づく
ただ静かなひろがりの中で

私が今の豊かさを信ずる時
この星にいて死を知りながら
私は自由だ

情熱は何をみたしてもよい
陽のように空のように
あふれるあまり黙って輝くもの達の下で

＊

一九五三年の冬に、私は第二詩集〈六十二のソネット〉をまとめた。その当時にはそういう自覚をもつ余裕はなかったが、今になって読み返してみると、〈六十二のソネット〉は、私の青春の書だと云っても差支えないように思う。自分でも殆ど意識せずに、本当に素直に私は歌っている。そのように私を歌わせた私の若さというものを、私は随分贅沢に浪費した。だが、それを悔いる気持は毛頭無い。私は自分の青春が非常に恵まれたものであったことを幸せに思っている。

私には自分の青春を殆ど完全に自分自身で択(えら)んだという自信がある。つまり私は、自分のしたい放題をすることが出来たのだ。新制高校の最後の学年は、とうとう定時制に転学して切り抜けた。そうしないと、卒業出来ないおそれがあったのだ。数学がきらいで、試験というと白紙の答案を出し、体操の教師が気に食わないと屁理屈を云って相手を怒らせ、国語の教師には何かというと生徒を打つという悪癖があったので、打たれそうな答をした時は授業中にいきなり教室をとび出して逃げ、とんでもない反抗ぶりであった。何のために、そんなことをしたのか。今になってみると、かえってそういう迷惑をかけた教師達がなつかしい位のものなのだが、当時はそんな気楽なものではなかった。おそらく私は、人生そのものにもはや反撥を感じていたのに違いない。若者の肉体は、生きることのすばらしさに気づけば気づく程、生きることの不条理にも悩むようになる。その不条理の中で、毎日をのほほんと暮らしている大人達、彼等の御立派な人間的秩序というやつ、それがことごとく癪（しゃく）の種なのだった。私は結局、学校という束縛に耐えられず、とうとう大学へはゆかずにすましてしまった。

＊

若いうちは誰でもが自分の内部にあふれるものをもっている。それはひとつの巨きな感情でもあり、また混沌とした未分化の思想の塊（かたまり）でもあるのだが、何よりも先ず、それは一種のエネルギイなのだと私は思う。自分の中で出口を求めているそういうエネルギイ、それは勿論生命力と同義語でもあるが、それをひとつの形あるものにする術を、私は幸運にもおぼろ気ながらつかんでいた。詩は、私にとって先ずそのようなものとして意味をもった。それは私の中のあふれるものとのバランス・ウエイトであり、また安全弁のようなものであった。

私は初めからはっきり詩を志した訳ではなかった。高校時代に、文学青年の友人にそそのかされてつくり始め、面白半分に受験雑誌の投稿欄などに投書しているうちにだんだんノートがたまっていった。だが、そんな頼りない書き方ではあっても、詩を書くということはいつの間にか私の内部の渦の中心のようなものになりつつあったようだ。

一九五二年の夏、最初の詩集〈二十億光年の孤独〉の出た頃には、私もそろそろ詩を、自分の人間としての仕事と覚悟を決めかけていた。だが私はまだ生活的には好きなことをしていられる身分だった。私の父親が親のスネをかじった年齢まで、私も親のスネをかじるという契約になっていたからである。その頃は、夏は殆ど北軽井沢ですごした。そこには法政大学村という学者や作家連の集まる夏の村があり、私の家も落葉松(からまつ)林の中に山小屋をもっていて、同世代の若者や娘達のグループに私もそこで加わるようになった。一人っ子として育った私には、夏のそういう友人達との生活がひどく珍しく楽しく、そのくせ不安でもあった。

おそらく私の青春の体験の大部分は、その北軽井沢という土地に負うているのではないかと思われる。高原の抒情的な空気と、若い人達の自由な生活とが、私を生のすべてに急激に目覚めさせた。だが、それらについて語る自信はまだ私には無い。いくつかの夏をそこで過ごす間に私は無我夢中で青春というものの中を通り過ぎてきたようにも思える。私は愛とか孤独とか、或はコスモスとか人間とか大形(おおぎょう)な言葉を沢山捨てながら、そこを通ってきた。しかし私が本当に得、本当に失ったものはまだ私にも解らない。今はただ貧しい二三の詩句を形見として残しているにすぎない。自分の中にあふれていたもののひそかな不思議、それを私は強いて名づけたくないのだ。正にその不思議さによって、それはおそらく一生の間、私を生かし続けてくれるに違いないのだから。

＊

ひとときすべてを明るい嘘のように
私は夢の中で目ざめていた
私は何の証しももたなかった
幸せの思い出の他に……

愛＊私の渇き

愛という言葉を口の中で呟いていると、いろいろなことを思う。アイ、この音は、日本語の最初の二つの音だ。アイ、アイウエオ。日本語の母音たちは、本当に母のようなやさしさ、豊かさで私を包む。アイ、この二つの音から日本語が始まることは、詩人である私を少々神秘的な思いの中にさそい入れる。

アイはまた、会であり、合であり、相でもある。それは離れた二つのものをめぐりあわせ、むすびつける。だが同時にアイは、間でもある。それはへだたりであり、すきまなのだ。そうしてアイはまた、哀――かなしみでもあるのだ……しかし、こんな妙な語呂あわせをしていてさえ、私はへんに気持が沈んでくる。愛とはもっともっと簡素な言葉ではないのか？　愛という言葉を、今は私は殆どおそれに近いような気持でみつめる。それは何か途方もなく巨(おお)きく、得体のしれぬ怪物のようにも思えるのだ。

今、夜の中で、私はひとつの声を聞く。「ああ、いい、ああ」とその声はうめく。それは肉の声だ。快楽の頂点のその無意識のうめき、それもこの同じ二つの音だ――

アイ、この単純な二つの音は、どこにでもころがっている。汚れた敷布の間にも、混みあう真昼の野球場にも、産婦人科医院の待合室にも、新聞広告にも、電話帳にも。子供たちは、アイウエオ、カキクケコと、一生けん命おさらいしている。子供たちはアイだけでやめてしまいはしない。だが、五十音をすっかりおぼえてしまい、それをさかさに云うことだって自由に出来るようになると、もうそれをとなえることなんかつまらなくなって、やめてしまう。何年かたって、その身軽でやさしい二つの母音の中に、この書きにくい、妙な組み合わせの〈愛〉という字が入ってくると、その単純な二つの音は、ひそかな美しいひびきを、本当にごく稀にしか響かせることが出来なくなる。

＊

〈愛とは何か？〉或は〈これは愛なのか、それとも愛ではないのか？〉或は〈愛はどうあるべきか？〉そのような問は、それが問われねばならぬものであればある程、私には限りもなくおぞましい。私たちの求めているもの、私たちに必要なもの、それは愛についての答ではない。それは愛についてのいかなる観念でもない。私たちの本当に求めているもの、それは愛によって変えられた私たち自身であって、それ以外の何ものでもない。

愛とは先ず何よりも、肉体的な感動なのである。それは、考えて得られるものではなく、また意識して求めることの出来るものでもない。では、愛について語ることに、どのような意味があるのか？　愛について語るなどということは、本来不可能なことだと私は思う。愛なき者が愛について語れば、それは愚痴にすぎず、愛ある者が愛を語っても、それは讃歌にすぎない。おそらく本当の愛の中には、沈黙しか無く、また本当の愛は、沈黙の中にしか無いものであろう。

とは云うものの、愛についての知恵というものはある筈だ。愛はひとつではない。それはおそろしい程に多様な姿をもっている。そして私たちは、愛と愛でないものとを区別する眼や、またそれをどのような形の行為に現わした時に、愛が本当に愛になり得るかという反省や、愛に近づこうとする日々の努力や、そういった無数の知恵を、古来からの愛についての多くの言葉に学ぶことは出来る。

だが、だまされてはいけない。愛は、それらの言葉の中にあるのではない。それはまた、ムードミュージックのレコードの中にも、なやましい恋愛映画の天然色のスクリーンの上にも、しゃれていて情熱的なベストセラーの中の会話にもありはしない。錯覚してはいけない。そこにあるのは一枚千数百円の黒くて円いプラスティックの板、或はべら棒に大きな白い幕、或は数百枚の印刷された紙片にすぎない。愛は生きているあなたの体の中にあるのだ。その愛を、他人のつくった見世物にあずけ、安手な陶酔の中で浪費してしまってはいけない。ある初夏の朝に、ふと今年始めての燕を見る時、或は、真夏の海岸で、恋人の真黒に陽やけした腕に接吻したいという気持をおさえられぬ時、或は、冬の夜、家族みんなでこたつを囲んでいることを、ふと幸せだなと思った時、その時愛はあなたのものなのだ。あなたが燕をみつめてほほえむ時、あなたが恋人の腕に接吻する時、あなたがおやすみなさいを云う時、あなたの愛は成就しているのだ。

＊

しかし残念なことに、そのような感動的な〈愛の瞬間〉の中にのみ、愛を信じ、愛を求めるわけにはいかない。愛はその感動だけを信じ、求めるにしては、余りにうつろいやすいものなのだ。〈愛している〉という言葉を本当に自然に口にすることの出来る瞬間が、私たちの一生のうちに何度あるだろう。愛という一語を、隅から隅まで真実の言葉にすることの出来る強い感動を、私たちは一体何時もつことが出来るか。

人間は永遠に青春に生きてはいられない。若さの過剰を、愛の豊かさだと錯覚してすごすことの出来る時期は余りに短い。私たちは、愛されぬことに苦しむよりも、愛せぬことにより多く苦しんでいるのである。〈愛されないと云ってこぼす人々の多くは、自らを誤解しているのだ。実は、彼等はむしろ、自分たちが愛せないことをこそ反省せねばならないのだ。〉〈愛の瞬間〉というものは、そうやたらにあるものではない。美しい風景も、そこに住んで働いてみれば、自然の厳しさ、残酷さをあらわにする。初恋の人も、結婚して三年間も一緒に生活してみると、耳の形まで気に入らなくなるのは、ありふれた真実である。何も他人をもち出す迄もない。青年の頃にはあんなにもすばらしく思われた人生というものが、どんなに速やかに日々の生活の倦怠の中で死んでゆくことか。万一の僥倖をあてにして、愛を待っている訳にはいかない。そのような我々を救うものは結局、ひとつの愛の理想像とでも云うべきものへの、我々自身の意志ではないだろうか。

愛とはかくかくのものであるべきだ、などと語る自信は、勿論私ももっていない。愛という名の下に、自分が一体何を求め、何に憧れているのかということさえ、はっきりは説明出来ないかもしれない。ただ私の中には、愛という名の下に、何かを信じていたいという気持だけは常にある。たとえ私が、実際には愛を失った者となるにしろ、私は愛に関してのみは一個の理想主義者でありたいと思う。

それ故、私には私なりの、理念としての愛というものがある。少々詭弁めくが、理念としての愛であって、愛の理念ではない。つまり、私のもっているのは、愛に関する理念なのではなく、理念の形をした愛だと云いたいのである。その愛は、私の頭の中で組み立てられたものではない。私は哲学者ではないから、自分の理念を論理的に追うことは苦手である。私はその理念としての愛を、これこそ愛の名に値すると感じた私自身の感動の、二三の具体的瞬間によって信じているのだ。云いかえれば、私の、理念としての愛は、私自身の肉感の上に基礎を置いていると云えるだろうか。

＊

一昨年、私は〈愛について〉という詩集を出した。或る機会に、その本について、私は次のように書いた。

〈愛について〉は私の三冊目の詩集である。ひどく開き直った題名であって、少々てれくさくないこともないが、正直な気持として今度の本にはこれ以外の題名は私には考えられない。

第一詩集〈二十億光年の孤独〉の中に、やや少年風な無意識な形であらわれているコスモスへの愛は、第二詩集〈六十二のソネット〉において、作者の感受性の必然によって、一種の生命的なほめうたとして歌われている。一見享楽主義的なこれらの歌は、私にとっては生の最初の証しと決意の歌であった。あらゆる青春と同じように、私もまた死への反抗にあせっていた。そして世界をその種々の対立においてとらえる仕方が私の中で育っていた。〈ソネット〉は、青春の生命の、永遠という生であると同時に死であるところのものへのあこがれと反抗との奇妙な混合物であった。

空と地との対立を、私は〈二十億光年〉の頃から意識していた。私は空という永遠にあこがれながら、それを非人間的なものとして敵視していた。私は地に拠って空と戦った。そしてやがて〈ソネット〉の中頃において、私はひとというもうひとつの味方を得た。女は快楽と生殖の可能性によって、あきらかに地のものである。私は地への愛においてひとを愛し、ひとへの愛において地を愛した。そうして私の青春の歌はそこでひとつのほめうたになってしまった。それは私にとって完成を意味すると同時に行き止まりを意味した。

私の若さはその頃から頭打ちとなった。私の関心は、ひとを通じて徐々に人間的なものにうつっていった。私はひととの生活によって、人々への目を開かれつつある。そうしてかつて空への愛によって、空の非人間性に気づいたように、私はひとを愛そうとすることによって、ひともまた敵になり得ることを知り始めている。そうして私は人間的な愛のドラマに気づきつつある。

だが私にとって、愛とは人間的なものであると同時に、常に人間を超えたものである。〈愛について〉の全体は五部より成っている。第五の〈六十二のソネット以前〉を別として《空》《地》《ひと》《人々》はその配列順に、漠然とではあるが、作者の愛についての目ざめ方を示している。しかしこれはひとつの生長を示すと同時に、過程として終るものではない。これはまた私の愛の種類をも示している。私はこれらをひとつの大きな愛として自分の中で調和させようと努めると同時に、これらの愛の間でひきさかれるであろう。

大変粗雑で、抽象的な形ではあるが、これが私の愛のプログラムとでもいうべきものである。

＊

《空への愛》この愛は危険な愛だ。これはむしろ人間的な愛とは云えない。空には、永遠と虚無とが同居している。青空のきらいな人がいるだろうか。青空は美しい。だが、その美しさに憧れすぎるのは危い。

山のあなたの空遠く　幸住むと人のいう
ああわれ人と求めゆきて　涙さしぐみ帰り来ぬ

カール・ブッセのこの有名な詩句は、ひとつの警告なのだ。

だが、青空はまだいい。それは空の昼の化粧だ。何故空は青いのだろう？　誰でもが一生一度は抱く疑問だ。科学者たちは答える。大気中の塵埃(じんあい)による光線の屈折云々。だがその答は十分な答ではない。まだ問は残る。空には塵埃や冷い名前の元素しかないのに、何故空は無色や白色ではなく、あんなにきれいな青なのだろう？　この問はもはや科学の答えることの出来ぬ問である。おそらく宗教がそれに答えようとするだろう。だがそれよりも先に、青空自身が答えているのだ。

昼、空は正にその青さによってひとつの答なのである。青空に何かを求めてはいけないのだ。その青はいわばひとつの恩寵とでもいうべきものであり、私たちがその青さを愛することが出来るのは、とりもなおさず私たちの生の肯定のしるしに他ならないのではあるまいか。

しかし、夜、空はその昼の化粧をおとして、自らの素顔をあらわにする。昼かくされていたものを私たちは見る。空の限りない不気味な深さ。無数の星々。宇宙のこの終りのないひろがりの中で、一体私たちの存在の意味は何なのか？　空は何故青いのか、という問とは違って、この問には夜空は答えてくれない。かえってその闇と沈黙とを深くするだけだ……

夜空を愛するとは、天文学を愛することではない。青空を愛することには、危険もあるが同時に慰めもある。しかし、夜空を愛することには、余程の強さと勇気とが要る。それは永遠の虚無を前にして、人間の存在の意味を問うことに他ならない。

宇宙旅行の可能性が、これから空を、ますます物理的な実在と化せしめてゆくだろう。だが、空の形而上的な意味は、おそらく人間が生きてゆく限り残るだろう。《空への愛》と私は簡単に書いたが、この言葉の本当の意味は、おそらく私が一生かかっても見出せぬことかもしれない。

＊

《地への愛》この愛はとても素朴な愛であり、人間の生命の原動力だ。これは私たちが地球の子であるということを証する愛だ。しかし、この愛はそのあまりの単純さ故ない。コンクリートの舗道の上では、この愛は育たない。また開拓地や貧しい水田での、余りに苛酷な地との戦いの中でも、この愛は枯れてしまうかもしれない。とは云え、この愛はむずかしい愛ではない。むしろささやかでかわいらしく、誰でもが手に入れることの出来る愛なのだ。

アパートの出窓で、一鉢のベゴニアを育てるのも、日曜日にサイクリングに出かけて、野原に寝転ぶのも、夏休みに海で泳ぎ、陽にやけるのも、みんな《地への愛》に他ならない。そうすることで、私たちは自分がこの地球という星の生まれであり、どんな草も樹も、動物も小鳥も、私たちと同じ生まれの兄弟であることを知る。私たちはすべて、〈地球家族〉なのだ。私たち人間の、いわゆる〈自然との戦い〉も、この愛なしでは、単なる人間という一動物のエゴイズムにすぎなくなる。地球とは、その上で人間の生き続けるための単なる場所ではない。それはひとつの調和した世界でなければならないのだ。人間が将来、月の地下資源を如何に利用しようと、月の存在の神秘は失われはしない。それは私たちの季節の変化に、潮の満干に、女の月のめぐりに、深くむすばれていて、私たちはそのむすびつきを、断ち切ろうとしてはならないのだ。

＊

《ひとへの愛》この愛が、最も深く人間を苦しめ、同時に最も深く人間を慰める。この愛は人間を先ずコスモスに結ぶ。この愛はその本質においてはむしろ非人間的な愛だ。それは人間的な愛というよりは、生命的な愛なのである。それ故、この愛を単に人間的な面でのみ考えるのでは不十分だと私は思う。

一人のひとを愛することによって、私たちは先ず何よりも、生命の流れにあずかるのである。《ひとへの愛》の中には、《地への愛》があるのだ。それは、今、生きているということのひとつの証であり、同時に、これからも生き続けてゆこうというひとつの決意でなければならない。それ故《ひとへの愛》は肉体を伴わなければ不具になる。肉体はその時、互いの欲望の対象でありながら、それにとどまらない。二人が本当に愛しあう時、肉体は同時にコスモスの一部でもあるのだ。二人の体がひとつになる時、コスモスはそこでひとつの環となって完成し、また同時に受胎の期待によって、そこで新たに始まる。

いわゆるプラトニック・ラヴというものは、あくまでひとつの準備期間にすぎないと私は考える。愛の中に精神的なものはあっても、男と女とが、いわゆる精神的な愛だけでむすばれるなどというのはどうも信用出来ぬ。本当のやさしさは、肉体の中にあるのだ。愛にとっては、百万通の恋文よりも、只一度のあいびきの方が大切なのだ。

だが、人は云うかもしれない。どうやって欲望と愛とを見分けるのか？　と。私には、そのように欲望と愛とを切り離して考える問い方そのものが、先ず一種の堕落であるように思われる。愛は肉慾の中に既にかくされているのだ。肉体的な欲望を過度に律することによって、私たちは先ず愛を傷つけてしまうのだ。私たちのするべきことは、欲望を恥じることではない、だが同時に、それを余りにあたり前なものとして、立小便のように片づけることでもない。欲望は私たちの力でもあるが、それはまた同時に私たちを超えたものの力でもあるのだ。私たちはそれを畏（おそ）れなければいけない。

欲望の中にかくされている愛とやさしさ、私たちはそれに気づき、それを失わぬようにしたい。男と女がむつみ合う時、二人は他のいかなる時よりも深いやさしさに貫かれている筈だ。ダブルベッドに寝る夫婦の方が、シングルベッドに別々に寝る夫婦よりも、離婚の率は低いそうである。喧嘩をしても、仲直りをせざるを得なくなるらしい。潔癖な少女たちは、そんな仲直りの仕方はいやだというかもしれない。だが、欲望の中の愛とやさしさとが、私たち自身もそれと気づかぬ間に、私たちのかくされた部分をうるおし、いやしているとしたら、私たち人間にとってそれ程深い慰めはないのではあるまいか。

だが、一人の人間にとって〈ひと〉は、男又は女という異性であると同時に、一人の他人でもある。私たちは、彼又は彼女を一人の異性として感じると同時に、自分と同じ一人の人間として感じもする。《ひとへの愛》の中には、《地への愛》があると同時に、《ひとびとへの愛》もあるのだ。一人の《ひと》を愛することで、私たちは、他人というものを意識し、他人と自分という最も人間的な関係の中で苦しむことを覚える。

《ひとへの愛》はまた、現代では必然的に結婚というものへ進む。結婚によって、私たちは本当に人類社会の一員となる。その意味でも《ひとへの愛》は、《ひとびとへの愛》につながっている。

＊

《ひとびとへの愛》これが最も人間的な愛だ。それにもかかわらず、最ももつことの難しい愛だ。実際、この愛が本当に存在するのかどうかさえあやしいものだ。この愛は何か気障(きざ)っぽい感じさえ抱かせる。少くとも現実的ではない。しかし、だからこそこの愛が、少くともひとつの理念として必要なのである。この愛については、私は殆ど語る資格をもたない。おそらくこの愛こそ、最も抽象的論議をきらわねばならぬ愛だ。この愛こそ、言葉ではなく、行動で語らねばならぬ。クリストからシュヴァイツァーに至る多くの偉大な人々がそれをしてきた。だが同時に、何人(なんぴと)もこの愛の責任を逃がれることは出来ぬということを私たちは知らねばならぬ。社会科学者や救世軍にこの愛をまかせておくわけにはいかないのだ。それは一人一人の人間のものであり、人類の将来は私たちすべての責任なのだ。

私は私なりに、この愛を信じない人のために、ひとつの具体的な体験を書きとめておこう。

〈ファミリイ・オヴ・マン〉写真展。この写真展は、私に人間を信ずる勇気を与えてくれた。人間の美しさ、善良さを信じたのではない。そのみにくさ、いやらしさ、おろかしさのすべてにもかかわらず、いやむしろそのすべての故に、私は自分が人間の一人であることを切実に感じた。私たちは一緒に生きてゆかねばならないのだ。そうして私は、一緒に生きてゆきたい。もし人間がみにくいとすれば、それは私がみにくいからであり、もし人間がおろかだとすれば、それは私がおろかだということだ。

だが具体的に、どうやって私たちは一緒に生きてゆくか。いろいろな途があるだろう。どんな小さな友情から始めることだって出来る。どんなむすびつきであるにしろ、それは究極には人間と人間とのむすびつきであって、それが人類を支えているのだ。本当に憎み合えるなら、憎み合ったっていい。本当におそろしいのは、人間が人間の中で機械化し、生きた人間的共感がもてなくなることなのだ。どんな小さな仕事だって、それは人間のための仕事である筈だ。しかし現代では、その自信のもてなくなっている人たちがどんなに多いことか。それでもなお、いやむしろそれ故にこそ私たちは、せめてひとつの夢としてでも、愛を失いたくはない。

＊

愛とは究極において、全体へのひとつの力である。愛する対象は何でもいい、私たちが何かを愛することの出来る時、私たちとその何かとは分ち難くむすばれて、ひとつの全体を形づくる。愛している時に私たちの感ずるあの何かが完成しているような感じ、すべてがひとつになってしまったような感じは、愛のその力によってなのだ。

人間には、いろいろな対象への愛がある。そしてそれらの愛はそれぞれに、多様な姿をとって現れる。しかし、愛はその最も深い本質においてひとつなのだと私は考える。《空への愛》も、《地への愛》も、《ひとへの愛》も《ひとびとへの愛》も、その現れ方こそ違うが、全体への同じひとつの力に他ならない。

全体主義などという言葉のために、全体という言葉は誤解されやすい言葉だ。私のここで云う全体とは、ひとつの社会全体、或は、人間全体のことではない。それは人間をもその一部に含めた全体、コスモス全体なのである。

私たちが愛する時、私たちは自らの愛するその対象を通じて、全体に参加するのだ。どんなに小さなものを愛してさえ、愛することさえ出来たら、私たちは孤独ではない。愛することで私たちは世界とむすばれている。私たちは生きることが出来、そして本当に死ぬことが出来る。全体とは生だけの全体ではない。それは死をも、その中に含んだ全体なのだから。

愛は私たちを生かすものだ。しかしそれは同時に私たちを死なしめるものでもあるのだ。失恋自殺の話をしているのではない。愛によってコスモスにあずかることの出来る時、私たちは生と同時に死をも大きな肯定のうちにとらえる筈である。

＊

愛という言葉を、私は少々濫発しすぎただろうか。愛という言葉など、一度も使わずに一生を過す人だって沢山いるだろう。その人たちが愛をもっていなかったのだと考えたら大間違いだ。その人たちの方がかえって、本当の愛をもっていたかもしれないのだ。

愛という言葉を使えば使う程、私にはかえってこの言葉の意味が解らなくなってきてしまう。愛という言葉には、意味など無いのではあるまいか。それはむしろひとつの呼びかけのようにも思えてくる。愛が足りないからこそ、愛という言葉を使うのではないだろうか。仔犬が乳を求めるように、愛愛と鳴きながら愛を求めてさまよっているのだ。

愛、この一語を口にすることで、私は私の渇きをたしかめている。今、私に愛が無いわけではない。今、私には一人の女を愛している自信があり、また私は夕焼の美しさや、真夏の街路に照りつける陽差を見るたびに、自分がこの地上を愛していることを知る。しかし、それにもかかわらず私は渇いている。自分の愛の不完全であることにいら立っている。

人間にとって、完全な愛などというものは、おそらくあり得ないのだ。愛はひとつの持続でなければならない。だが、現実にはそれは余りにしばしば、ひとつの瞬間にすぎない。〈愛の瞬間〉はいい、しかし他の多くの〈愛していない時間〉を私たちは一体どうすごしたらいいのか、私は理念としての愛について書いた。そして理念としての愛という云い方には結局、信の問題にむすびついてくるものがあるのではないかと、今の私は考えている。神という一語を私はおずおずともち出す。この言葉については私はまだ何も知らない。

大きな栗の木

――或る愛のモノローグ

由利　（若イ女、ピストルヲモッテイル）

御存知ですか、みなさんは、あたしを。
あたしは由利です。そしてあたしは人殺しです。
みなさんは知っていらっしゃらないでしょう。あたしを。あたし自身だって知らない
かもしれない。でも、もう今は、あたしは誰でもいいんです。あたしをあたしにして
くれていたひとがもういないんだ。
そのひとの髪は黒かったんです。
そのひとの眉も黒かった。そうして
そのひとの眼は髪と眉とをあわせたよりももっと黒かった。
それなのにその眼はいつも冬の真昼の太陽のように輝いていた。
今日その眼を、あたしは夜よりも暗くした。

星と星との間にある闇よりも暗くしてしまった。

みなさんは知っていらっしゃらない。あたしを。そしてそのひとを。

でももしあたしがそのひとを愛していたら、みなさんは自分自身を知るように、あたしを知って下さるかもしれない。

(急ニ心弱ク素直ニ)あたしは由利です。あたしは愛していたの。あのひとを。

あたしは由利。あたしは愛してた。次郎、今だって愛している。

(種々ノニュアンスモッテ)次郎、次郎、次郎……あなたはあの音を聞いたの？ あたしには遠い谺(こだま)のようにしか聞こえなかった。あたしはわざとうしろから射(う)ったの。仲直りしたあとで、あなたはとってもやさしかった。あたしは幸せだった。あなたの心の中にはあたししかいなかった。だからあたしは射ったの。うしろから。

あなたがあたしに気づく暇のないように、あなたがあたしを愛してるまま死ぬように。

そんなにあたしはあなたとむすばれていたかった。

あなたはまだそこにいるわね、次郎

それとももうどこかへ行ってしまった？

ううん　そんなことないわ
あたしは次郎をあたしのそばにひきとめておきたかったから射ったんだもの
あたしが射った時、あなたはふり向かなかった。苦しみもしなかったわね。だからあなたは心の中からあたしを追い出す暇はなかった筈よ。あなたはあたしのものよ。あたしのものよ。あたしのものよ次郎、次郎！　そうね。そうだって云って、返事して。
次郎、あなたはもういないの？　そこに、あの部屋の机のわきに倒れているくせに。
本当にいないの？
射ったのはあたしよ。
あなたを殺したのは由利よ。あたしよ。
次郎、あたしなのよ
このピストルなんかじゃない
運命なんかじゃない
神様じゃない
あ　た　し　よ
あたしが殺したのよ
次郎

由利が自分で殺したのよ
だからあたしたちはこんなにつよくむすばれてしまっている
あたしたちはもう永久にはなれられないわね

（暗ク怒ッテ）あなたを愛そうと思えば、あたしにあなたを殺す以外のどんなことが出来たと思うの？　あなたはあたしから離れる外ないと考えていた。先刻の仲直りだって、もう長くは続かないことはあたしには解ってた。あたしはそれなのに永久に次郎とむすばれていたかった。そうよ、もうどんな形でもよかった。ただあなたとむすばれてさえいればよかったの。あなたに愛されなくともいい、あなたに憎んでもらえたら、どんなに嬉しいだろう。あなたがあたしを恨んで、幽霊になってあたしにつきまとってくれたら。次郎、あたしを恨んで。あたしを憎んで。あたしにとりついて！

（長ィ間）
……次郎……

何故こんなになにもかも黙っているんだろう
あたしはこわくはない筈だ

もう永久にあたしたちは　はなれられないんだもの
でも　何故　あたしは　こんなに　寒いの

次郎がそばにいる時には、こんなに寒くはない。あのひとが、他のひとのことを考えている時だって、ただそばにいてくれさえすれば、こんなじゃない。

次郎……あなたはいないの？　あなたが死んだのはちっともこわくない。でもあなたがそばにいないのはあたしこわいの。

次郎、あたしを抱いてよ

でも、死ぬってことは、どこかへ行っちゃうことなの？　次郎、どこかへ行っちゃったの？　あたしを連れないで。

あたしたちいつも一緒だったじゃない、一緒に海へ行った、朝、一緒にハムエッグスをつくった、あなたはいつも卵を二つ食べるの、それから一緒に人をだましたわ、あの時あなたはかなしそうだったけれど、あたしは嬉しかったの、あなたとあたしとふたりだけが悪者だったんだもの。

だのに、今は違うの？　今はあたしひとりぼっちなの？

あなたはあの日のこと、おぼえてる？

あのあたしたちの湖のこと。あの日あたしたちはお互いにわざと気がつかないふりをしていた。でもあなたは何だか眩しそうな眼をしていた。それを青空のせいだとあなたは云った。あたしはそれが半分嘘だとわかってた。半分はあたしの裸の腕のせいだったのよ。歩きづめだったから、湖に着いた時にはふたりとも汗びっしょりだった。あなたのワイシャツは二番目のボタンがとれていたわ。あたしにはあなたの鼓動が見えたの。それからあなたは泳ぐと云い出した。その時丁度あたしは見つけたのだった。

あの大きな栗の木を。

あなたはおぼえている？　あの大きな大きな栗の木を。

あたしはおぼえている、ううん、おぼえてるんじゃない、あの栗の木はあたしの中に生えていたの。まるで種子の時からあたしの中に育ったみたいに、いきいきと大きく深く、根をおろして。あたしはその栗の木の下で、あなたの泳ぐのを見ていた。それはすばらしい木蔭だった。大きな樹のくせに、それはどんなかすかな微風にもすぐ答えたわ。八月のあの暑い太陽を嬉しそうに、からだ一杯で受けとめて。風がふくと、葉と葉の間から太陽がちらちらちらちらした。光の雪のようだった。あたしが自分それに埋められて、今に光の雪だるまのようになっちゃうのじゃないかと思ったほど。

あたしは耳をその幹にくっつけてみたりした。ほんとうにその栗の木は、いつまでも終らないやさしい物語を呟き続けているように思えたわ。木はその物語をきっと青空からきくのよ、そしてそれは沢山の葉たちのおしゃべりに乗って、ずうっと下の根にまでとどく。そうすると根はそれを話相手のないままに、地中に捨ててしまう、すると地下水がいつの間にかそれをこっそりきいていて、あるいいお天気の日、水蒸気になって天にのぼってゆく時に、雲に話してやる。それまでにはその物語もいろいろに話が変っているから、青空も自分の物語だと気づかない。そしてまた、青空は雲からきいたその話を栗の木にしてしまう……

物語は変りながら、いつまでたっても限りない。あたしはそんなことを考えたりしてた。でもあたしはほんとうは風の音しか聞けなかった。それでも、それは何かあたしには解らない物語をしているように聞こえたわ。あたしはその幹に鼻をおしつけてもみた。なんだか、あたしを、不安にさせるような、でも、とても若い、とても烈しいいいにおいがしたわ……

その時、次郎が戻ってきたの、裸で、濡れていて、髪の毛がすっかり頭にくっついていた。あたしが何かを待つ目付をしていることが、あたしには自分でもわかった。でも次郎は少してれたように笑いながら、「すごく冷い水だぜ」って云いながらあたしのそばに坐った。そしてあたしの方を見たんだ。その眼に栗の木とそしてあたしとがうつっていた。
その時、あたしはあの大きな栗の木があたしの中で、風にさやいでいるように感じた。
あたしは自分が一本の大きな大きな樹になって、青空と大地とをむすんでいるような気がした。
そうしてあたし自身が、天と地をめぐる限りない物語の中にすんでいるような気がした……
あたしは自分でも気づかずに、次郎にキスしてた。
次郎はあたしのために空だった。
あたしは樹のようにその空一杯に葉をひろげていた
どこまでも高く高くひろがって、その空を残らず知りたいと思った
それから次郎はあたしのために夜だった
暗い暗い暖かい夜だった
あたしはもう何も見なかった……

（間）

あの木
あの大きな栗の木はどこへいったんだろう
あのやさしい大きな木
次郎　あなたはやさしかった　あの日
（アコガレル如ク）あなたの眼
あなたの腕……
（間）
（無邪気ニイブカシゲニ）あの眼は　どこへいったの？
あの腕はもうないの？
次郎！　あなたはどこ？
どこにいるの次郎！
ねえどこにいるの。あなたはどこ！

次郎……

あなたはそこにいるの？

その机のそばに？

（長ィ間）

……いいえ　いない。あたし　そんなこと　知っている。前から知っていた。あなたはもうきっと冷たくなっている。あなたの眼はもう閉じたまま決して開かない。あなたの唇はもう真白。それ位あたしは知ってる。あたしはでも、それに耐えられる筈だった。あたしはあなたとむすばれていたかった。だからあたしは射った。そうすればあたしにも何かが、ほんのちょっぴりでも何かが残ると思っていた。あなたが死んでも、あなたが全部いなくなりはしないと思ってた。……でも、今あたしには解ったの。あたしはすべてを失ったんだということが。栗の木がもうあたしの中になくなったのに気づいた時に、あたしには解ったの。あの不思議な栗の木……大きな栗の木。ちょっとの風にも嬉しそうに身動きした。夕暮には最後まで高い梢に太陽が残っていた。

次郎、あたしは今、後悔しそうなの。あなたを射ったことを。

でもあたしはしない。それだけはしない。あたしたちは、まだほんの少しはむすばれているわね。あたしはあなたを裏切りたくはないの。あたしは自分の意志であなたを殺した。

あたしはせめてそう思ったままでいたい。そうすればあたしは自分の愛をすこしは信じていられる。本当は今、あたし、自分を超えた力があるってことを信じそうなの。あなたを殺したのは、その力だと思いそうなの。でもあたしは出来るだけそうしないわ。あなたと離れたくないからよ。

ああ次郎、あたしはもういちどあなたにキスしたい。冷たい白い唇じゃなく、生きているあなたの唇に。あの栗の木は生きていたわ。その時、あたしたちも生きていた。あなたを射つ時、あたしは人間を信じすぎていた。魂を信じすぎていた。あなたを愛そうと思ってあたしは射った。そうしたらなんにも残らなかった。あたしは愛することさえ出来なくなった。

大切なものが、やっと今、あたしには解る。あなたの無精ひげ、あなたのあくび、あなたの汚れたワイシャツ、あなたがあたしの部屋に入ってくる足音、あなたののしる声、あなたの煙草の灰をおとす時の手つき、あなたのやさしさ、生きている次郎！
あたしは死を見くびっていた。死んだひとを愛することは、やはり出来ない。でも、もういちどあたしは死を軽べつしよう。あたしは、死んだら、もういちど次郎に会えるかもしれない。死の中で、あたしたちはもういちど、死者の肉体をもって生きられるかもしれない。あたしはもういちど次郎を抱きしめられるかもしれない。もういちど、あたしは人殺しになろう。そうして次郎を愛そう。あたしは次郎を殺したことを後悔して死ぬんじゃない。こわいから死ぬんじゃない。ただ次郎に会えるかもしれないから死ぬんだ。もういちど、あたしは人を殺すことで愛を試みてみよう。あたしはきっと間違っている。でもあたしはこうするより他ないんだ。次郎を殺した時と同じように。次郎を生かし、あたしを生かし、あの栗の木を生かしている力にあたしはそむいた。もういちどあたしはそむく。あたしはきっと悪いのだ。あたしはきっと間違っている。でも、次郎、あたしはあなたを愛している。

……あたしはあなたと同じところを射つわ。うしろからは射てないけれど。あなたはそこにいるわね。そこに、あたしの今、行くところに。今、すぐ行くわ。自分で。

(朗ラカニ) 次郎を愛している由利、このあたしの愛があなたを殺し、あたし自身を殺すのよ。この事件は迷宮入りにはなりっこないわ。スリラーのネタにもならないわね。

（射ツ）

ほうら、射ったわ。でもまだ愛はおしまいじゃない。そこにいるわね。次郎。ああ、あの栗の木の大きかったこと。（倒レテ死ヌ）

『愛のパンセ』（実業之日本社／一九五七年／初版あとがき）

数年前からあちこちの雑誌などに書いてきたものに、新しく書き足してこの本をつくった。始めはエッセイのようなものだけをまとめるつもりでいたが、途中からもっと楽しい本にしたいという欲が出て詩や歌やモノローグドラマを加えた。

この本は、串田孫一さんの『山のパンセ』に続く、いわばパンセ・シリーズの一冊である。佐々木淳さんから、とにかくパンセという言葉のつく書名をと云われた時に真先に心に浮かんだのが『愛のパンセ』だった。口に出してみると一寸気恥ずかしかったが、時すでにおそく、それに決まってしまった。

私には『愛について』という詩集があるので、愛という名を冠する本を二冊もつことになる。そうなると何だか愛の専門家のように思われそうで気がひけるが、私は自分の青春を、愛というものと切り離しては考えられない。

私はすべてを愛を中心にして感じとり、考えた。愛こそ最も無くてはならぬものであり、それ故に私はいつも愛に渇いていた。

この『愛のパンセ』も結局は、私の愛を追うその性急な足跡のようなものかもしれない。私は色々な形で書いているけれども、究極にはそれらは同じひとつのものを指しているように思える。

南桂子さんの《樹》1957と、浜口陽三さんの《ブドウ》1956でこの本を飾らせていただいた。東京画廊で開かれたお二人の展覧会を見て感動し、ご無理をお願いした。厚く御礼申上げる。

一九五七年夏

谷川俊太郎

『新版 愛のパンセ』（実業之日本社／一九七一年／あとがき）

これらのほとんどは、私が二十代の頃に書いた文章です。今読み返してみると、感じかたが一方的だったり、考えかたが未熟だったりするところがいろいろ目につきますが、一方、若い時でなければ書けなかったと思われる、一種のひたむきなものも感じられます。

初版へのあとがきで、私はこう書いています。〈私は自分の青春を、愛というものと切り離しては考えられない。私はすべてを愛を中心にして感じとり、考えた。愛こそ最も無くてはならぬものであり、それ故に私はいつも愛に渇いていた。／この『愛のパンセ』も結局は、私の愛を追うその性急な足跡のようなものかもしれない。〉

私は大変恵まれた環境の中で青春を送りました。貧しさ、反抗、挫折、絶望——多くの青春につきものの暗い側面が私の青春には欠けています。不幸を知らぬ私は、他人の不幸に対しても鈍感だったと、今にして気づきます。

けれど恵まれていたから何の悩みもなかったのかといえば、そうではありません。私は私なりに、自分の青春を苦しみながら生きました。他人を傷つけ、自分も傷つき、いくつかのつらい決断もしました。

これらの文章が、あなたにとってどんな意味があるのか、私には判断することができません。全く無意味であっても、私は驚かないでしょう。私たちはひとりひとり別々の人生を送っているのですから。けれどもし、ほんの少しでも気持の触れあうところがあったら、私ははげまされ、あなたに感謝するでしょう。

一九七一年秋

谷川俊太郎

『愛のパンセ』（新風舎／二〇〇五年／文庫版あとがき）

『愛のパンセ』は二十六歳のときに出版された私の最初のエッセー集です。それまでにもう四冊の詩集を出していましたし、短い最初の結婚生活も経験していましたが、まだ暮らしは楽ではありませんでした。もちろん詩を書くだけでは食えないので、注文に応じてエッセーや歌詞や短い劇も書いていました。それらを集めたのがこの本です。

エッチングや楽譜なども入っていますから、ほんとうはエッセー集とは言えないかもしれませんが、当時から私は詩を狭い世界に閉じ込めずに、さまざまな分野に浸透させようという野心をもっていましたから、自然にこういう形になったのだと思います。そんな私の姿勢はいまでも変わっていないようです。

寺島尚彦と「うそだうそだうそなんだ」や「ただそれだけのうた」を作ったこと、「青年という獣」を三島由紀夫さんにほめられたこと、「詩人の春」

に登場する友人武満徹とのつきあい、「大きな栗の木」を演じてくれた大久保知子と結婚したこと……この本には個人的な思い出がいっぱいつまっています。この本が出た年に私は貯金をはたいて、初めての車シトロエン2CVを買いました。

そして半世紀近い年月が過ぎて、そのころには予想もしなかったいくつもの別れも私は経験してきました、そしてまたいくつもの出会いを。こんな照れくさい若書きの本を、オリジナルに近い形で出版してくれた新風舎の皆さんとも、私はついこのあいだ知り合ったばかりです。

二〇〇五年一〇月

谷川俊太郎

［解題］

本書は、若き谷川俊太郎が発表した詩集とエッセー集を合本にして、文字組を含めできる限り初版に近い形で文庫化したものです（但し、現代仮名遣いに改め、ルビを加えた）。

『愛について』一九五五年（昭和三十）東京創元社刊。

『二十億光年の孤独』（一九五二年）『六十二のソネット』（一九五三年）につづく第三詩集。のちに、英訳付の大型本として再刊（港の人／二〇〇三年）。

『愛のパンセ』一九五七年（昭和三十二）実業之日本社刊。

本文庫は、この初版を底本にしています。初版に収録された南桂子さんと浜口陽三さんの絵は割愛し、「あふれるもの」というエッセー一篇を加えました（この一篇については後述）。

このエッセー集はのちに同タイトルで再刊されています。

①『新版　愛のパンセ』（実業之日本社／一九七一年）初版と同じ出版社から刊行されたこの「新版」には初版にはない一篇「あふれるもの」が収録され、詩と歌は全て省かれている。後半に女性読者に向けて書かれたと思われる「ボーイフレンドの全くないA子さんへ」から始まるエッセー「男と女」十五篇と新しい「あとがき」を収録（本文庫に再録）。

②『愛のパンセ』（出帆新社／一九八一年）収録作品は初版と同じ（但し冒頭の詩「生きる」一篇を省き、「あふれるもの」を収録）。さらに、後半に『アダムとイヴの対話』（一九六二年／実業之日本社）から同タイトルの対話六篇を加え、「男と女」全篇を収録。新しい「あとがき」を収録。
③『愛のパンセ』（三笠書房「知的生きかた文庫」／一九八六年）②の文庫化。
④『愛のパンセ』（新風舎／二〇〇五年）二点の絵も含めて初版の形を踏襲した文庫版（造本は並製と上製の二種。「初版あとがき」に加えて「文庫版あとがき」を収録＝本文庫に再録）。
＊以上『愛について』と『愛のパンセ』の初版および再刊本は全て絶版。

本文庫に収録した二冊が刊行されたのは谷川俊太郎二十代の半ば。

以下、その頃の谷川さんの年譜をご紹介します。引用するのは尾崎真理子さんの素晴しい谷川論『詩人なんて呼ばれて』（新潮社／二〇一七年）所収の四年分。

＊

一九五四年（昭和二十九）23歳
六月、小田久郎のはからいで鮎川信夫と「文章倶楽部」（引用者註・後の「現代詩手帖」）の詩の選評を始める。十月、岸田衿子と結婚。新居は台東区谷中初音町。
一九五五年（昭和三十）24歳
六月、一人芝居「大きな栗の木」の作、演出を引き受け、文学座で上演。主演の大久保知子と知り合う。西大久保の四畳半のアパートで一人暮らしを始める。ネフローゼで入院中の寺山修司を見舞いに行き、退院後、ラジオドラマの仕事を寺山に紹介する。十月、詩集『愛について』を東京創元社より刊行。武満徹とも詩劇を共作し、しばしば家まで遊びに行く。

一九五六年（昭和三十一）25歳

九月、自身で撮影した写真を貼った私家版の詩集『絵本』を、北川幸比古の興した的場書房より刊行し、知人に売り歩く。十月、結核で療養中の衿子を富士見高原のサナトリウムに訪ね、離婚届に捺印。自動車免許を取得し、ドライブを楽しむ。

一九五七年（昭和三十二）26歳

九月、初のエッセイ集『愛のパンセ』を実業之日本社、『櫂詩劇作品集』（同人七人と寺山修司の作品を含む）を的場書房より刊行。大久保知子と結婚して青山に転居する。シトロエン2CVの中古車を購入。

（［解題］文責・刈谷政則）